劇文庫

坂手洋二
I
屋根裏
みみず

YOJI SAKATE

早川書房

6047

目次

坂手洋二 I

屋根裏

みみず

屋根裏

登場人物

兄
ハセガワ・若い男
バイヤー
若い女
少女
少年
主任
青い帽子の若者
赤い帽子の若者
白い女
ぬいぐるみの女
つなぎの男
松葉杖の男
ウメさん

紳士
キャスター
女
帽子の男
中年男
父
中年女
母
先生
婦人
人々1／2／3／4／5
屋根裏推進派1
屋根裏推進派2
もと屋根裏族1／2／3

タケさん　　　　　　　変装した人1／2／3／4
マッちゃん　　　　　ぎゅうぎゅう詰めの人1／2
刑事1・素浪人1・死体・息子・戦闘服1
刑事2・素浪人2・青年・戦闘服2

※〈刑事1・素浪人1・死体・息子・戦闘服1〉、〈刑事2・素浪人2・青年・戦闘服2〉、〈ハセガワ・若い男〉は、それぞれ、一人の俳優によって演じられる。

寮

一坪に満たない、閉ざされた小さな空間。

人が立つことのできない低い天井部分は、切妻屋根に近い、左右非対称の両側勾配になっている。

客席側の壁は省略されている。


ある人はこの空間を「屋根裏」と呼ぶ。


その空間の中にしゃがんでいる、兄。

ずっと長い間、そうしていたように見える。

ノックの音。

兄、動かない。

小さな扉が開いて、青年（ハセガワ）が顔を出す。

ハセガワ　すみません。

兄　……。
ハセガワ　あの、そろそろ授業に戻りたいんで、部屋、閉めちゃいたいんですが。
兄　……。
ハセガワ　この時間、寮の鍵管理してるの、僕だけなんで……。もう、そろそろ。
兄　ハセガワさん。……でしたね。
ハセガワ　はい。
兄　ちょっといいですか。
ハセガワ　ああ……。
兄　ちょっと。お願いします。

　ハセガワが入ってくる。
　兄は、舞台側の壁面の角辺りを指し、

兄　……これ。
ハセガワ　……。
兄　……これ、なんでしょう。落書きみたいなんですが。
ハセガワ　（入りきって）ああ。

兄　……弟が描いた。
ハセガワ　さあ。
兄　マジックじゃないな。なんの絵。
ハセガワ　……。
兄　人でしょう。誰ですか。
ハセガワ　……わかりません。
兄　男でしょうね。
ハセガワ　……たぶん。
兄　手に持ってるのは武器ですか。ただの棒……、長いから竿か。
ハセガワ　さあ。
兄　……猟師。
ハセガワ　猟師ですか。
兄　……猟師でしょう。魚取る方の漁師じゃなくて、獣偏《けものへん》の猟師。
ハセガワ　わかりません。
兄　落書きだ。空っぽになって落書きだけ残った。……ハセガワさん。
ハセガワ　……はい。
兄　あなたも入学したときから、ずっと寮ですか。

ハセガワ　……ええ。
兄　ぜんぜん人が入ってないじゃないですか、この寮。
ハセガワ　そういう時代じゃないんです。
兄　え。
ハセガワ　今どき流行《はや》らないんですよ、学生寮なんて。公立の大学はほとんど廃絶しちゃったみたいですから。まあ、寮生少ないおかげで、相部屋なしでオール個室にできるんですけど。
兄　もともと個室なのに、なんでこの部屋が要るんでしょう。
ハセガワ　……。
兄　……ほら、さっき言ってたでしょう、一人部屋持てない子供なんかが個室代わりに使うって、この部屋。
ハセガワ　かっこいいからじゃないですか。
兄　かっこいい。
ハセガワ　映画に出てくるコンテナハウスとか、ガレージみたいな。
兄　……屋根裏でしょう。
ハセガワ　最初に売り出したウェブサイトが、屋根裏って言い出したみたいです。まあ、形が屋根んとこ、尖ってるっていうだけですけど。

兄　通信販売。
ハセガワ　店じゃ売ってないです。ウェブ上でオークションしたりしてるみたい。
兄　インターネットで買うんだ。
ハセガワ　なかなか手に入らないらしいですよ。最近は値段上がったみたいで……。
兄　なんでだよ。
ハセガワ　……。
兄　……ただの箱だろう。
ハセガワ　カプセルホテルだとよく眠れるって人、いるじゃないですか。そういう人が買うんでしょう。俺なんかもあったらいいなって思いますよ、ベッド代わりに。
兄　……独房に使えば刑務所が合理化できる。
ハセガワ　このキットを並べて、あとは学習室だけの全寮制にすれば、学生はもっと勉強するでしょうね。……そんな提案しても誰もきかないでしょうけど。
兄　……。

　　兄、扉を閉めてしまう。

兄　あんた兄弟はいるか。

ハセガワ　……。
兄　いるのか。
ハセガワ　関係ないでしょう。
兄　ここ入るの初めて？
ハセガワ　授業行きたいんですけど。
兄　初めて？
ハセガワ　……。
兄　訊いてんだよ。
ハセガワ　初めてじゃないよ。……見たでしょう、部屋の中だって足の踏み場もない。最初のうちは、ここだけキレイにしてたみたいだけど、洗濯物を干したんですよ、あいつ。この中に。洗濯物がカビて、におってきて、それからここでペットボトルにおしっこするようになって、あんまりひどいにおいが廊下まで漏れて、だから僕は掃除しに入ったんです。仕方なしに。三階の班長だから。
兄　……。
ハセガワ　……あなたは平気なんですか。このにおい。もう全部拭き取ったけど、血のにおいでしょ、これ。初七日過ぎても消えやしない。いったい何を訊きたいんですか、僕に。現場検証ですか。

兄　……。

ハセガワ　この屋根裏キットは密閉性が高いから、血は一滴も外に零《こぼ》れませんでした。部屋を汚したくなかったんでしょう。弟さんはきれい好きでしたから。ええ、矛盾するみたいですけど、僕はそう思ってます。弟さんはある面、ものすごくきれい好きだった。

兄　ここにいたんだな、あいつは。

ハセガワ　……発見したのは僕です。一生忘れないと思いますよ、このことは。

兄　……すまん。

ハセガワ　謝ったの。なんで謝るの。ねえちょっと待って。どういうことそれ。

兄　……君が殺したわけじゃない。

ハセガワ　あたりまえだ。

兄　……あいつはここで死んだ。ここに五カ月も閉じこもって。

ハセガワ　ええ。

兄　……誰が作った。

ハセガワ　……。

兄　誰が作ったんだ、この部屋を。

ハセガワ　……わかりませんけど。

兄　誰が売り出した。誰が発明した。
ハセガワ　……。
兄　会社とかじゃないのか。
ハセガワ　……最近はコピー商品とか量産されて出回ってますけど、オリジナルの製造元は秘密にしてるみたいです。口座に振り込むと送ってくるシステムなんですが、番号くじに当たらないと駄目だし、オリジナルは生産数上がってませんからすごい競争率で、そうとうプレミアついてるみたいです。
兄　詳しいな。
ハセガワ　……。
兄　これはそのオリジナル。
ハセガワ　そう言ってました。
兄　こんなものを作ろうと思いついて、商売にしたやつらがいる。
ハセガワ　……。
兄　あいつが死んだのは、そいつらのせいだろう。
ハセガワ　それはおかしいですよ。
兄　なぜ。
ハセガワ　アメリカが原爆を落としたのは、原爆を発明した人のせいじゃないですから。

兄　君は理工学部か。
ハセガワ　文学部です。
兄　……。
ハセガワ　……ネーミングの勝利ですね。今どこのデパート行っても「屋根裏」っていえば売り場ありますから。そういうのはみんなコピーですけど。
兄　ほんとにあったんだよ、屋根裏は。
ハセガワ　……え。
兄　俺たちの家にはほんとにあったんだ、屋根裏が。
ハセガワ　……。
兄　もう少しここにいさせてくれ。
ハセガワ　……三時間後ですよ、授業から帰るの。
兄　すまん。

ハセガワ、出てゆく。
兄、身じろぎもしない。
もう一度扉が開いて、ハセガワが顔を出す。

ハセガワ　……あの、弟さんが発見されたとき、ここに入ってたんですけど。
兄　はい。
ハセガワ　……これです。
　ハセガワ、兄に、古びた地球儀を渡す。
ハセガワ　……それじゃ。
　ハセガワ、扉を閉める。
　兄、地球儀をそっと回してみる。
　カラカラ……、と乾いた音。
兄　冒険だ冒険だ、冒険の始まりだ……。
　兄の低い呟きと共に、溶暗。

マーケット

扉が開く。
外にざわめき。
大きな展示場らしい。
バイヤーが中に入ってくる。
ハセガワが外から覗くが、中には入らない。

バイヤー　キレイだね。新品同様。だいじに使ってた。
ハセガワ　自分が使ってたわけじゃないんですけど。
バイヤー　泥棒してきたもの困るよ。
ハセガワ　寮にいたヤツが、置いてったんです。
バイヤー　売っちゃっていいの。
ハセガワ　処分頼まれたんで。
バイヤー　ああ、そう。……いつ買った。
ハセガワ　一年くらい前かな。使ってたのは五ヵ月くらい。

バイヤー　そりゃすごい初期だね。出回り始めた頃でしょ。……ひょっとしたら第一期かもしれない。幾らで売る。もうすぐクローズタイムだからいいかげん決めたら。
ハセガワ　……。

若い女が覗く。

若い女　すごいにおい。
バイヤー　……森林浴のもと。
ハセガワ　はい。
若い女　アロマ部屋にしてたの。
バイヤー　アロマライト売ってたよ、あっちのコーナーで。
若い女　はい。
バイヤー　入ります？
若い女　すみません。
ハセガワ　どうぞ。

若い女、入ってくる。

若い女　私、こういうマーケットって初めてなんです。
ハセガワ　僕もです。
バイヤー　屋根裏大会はさ、こういう大きい会場になってからは、まだ二回目だけどね。こんなに人が来るとは思わなかった。やっぱりオリジナルがなかなか手に入らないからね。
ハセガワ　そんなに違うんですか、コピーと。
バイヤー　そりゃもう。
若い女　二人はいると小さいですね。
バイヤー　これ以上広いと「部屋」になっちゃうじゃないですか。
ハセガワ　まあ、一人用ですから。
若い女　買ったら配達してくれる？
ハセガワ　ああ……、クルマもどしちゃったんで。
若い女　ミニバンで運べます？
バイヤー　二列め倒したらたいてい積めますよ、ルーフ高いヤツだと。
ハセガワ　これリモコン（渡す）。換気と電灯と、外との通話。
若い女　何かあるんですか、使用上の注意。

バイヤー　注意。
若い女　煙草吸っちゃいけないとか、妊婦は入っちゃいけないとか。
ハセガワ　……おめでたなんですか。
若い女　……仮定の話。
バイヤー　タバコの煙を外に出す強力なファンとか灰皿のディスペンサーとか、つけられるはずですよ。禁煙法時代が来たら売れるだろうな。
　若い女、舞台側の壁面の角辺りを見ている。
バイヤー　……あ、これね、これ落書きみたいに見えるでしょ。それが違うの。じつはオリジナルの製作者がサインみたいに最後に描き記す、絵のキャラクター。
若い女　キャラクター。
ハセガワ　初めからあったんだ。
若い女　……いい顔してますね。
バイヤー　一つ一つ違うんです、手描きですから。コピー業者がいくら真似してもこの味は出ない。
若い女　大魔神。

ハセガワ　猟師じゃないですか。
バイヤー　屋根裏ハンター。
ハセガワ　ハンター。
若い女　正義の味方？
バイヤー　ハンターといっても、何をする人なのかはよくわかられていない。なにか呪文を唱えると呼び出せるって噂が流れてます、「2ちゃんねる」で。

外で騒ぎが起きている。

ハセガワ　なんです。
バイヤー　マイケル・ジャクソンが使ってた屋根裏が売りに出てるんです。初値が五百万だった。
ハセガワ　五百万。
バイヤー　(外に出ながら) こういうものは値段じゃないんです、昔から。二千万円出したってアストンマーチン買うヤツは買うんだ。

バイヤー、去る。

　　　ハセガワも様子を見に行ったらしい。
　　　外の喧噪、別な集中力に変わったのか、鎮まってゆく。
　　　……ハセガワ、戻ってくる。
　　　若い女が微かに泣いているのに気づく。

ハセガワ　……大丈夫ですか。
若い女　……売るんですか、これ、今の人に。
ハセガワ　まだ決めてません。
若い女　幾らで譲っていただけるの。
ハセガワ　お金はいらないんです。
若い女　……。
ハセガワ　ほしい人がいたら誰にあげてもよかったんです。ここに置いて黙って帰ろうかとも思ったんですけど、気が咎めて。
若い女　……どうして。
ハセガワ　……仮定の話ですけど。
若い女　はい。
ハセガワ　人が死んだんです、ここで。自殺でした。

女、泣いてしまう。

ハセガワ　……仮定の話ですから。
若い女　……殴られたんです、彼に。屋根裏ボックス買いに行くって言ったら。
ハセガワ　……。
若い女　私にください。
ハセガワ　……。
若い女　いいですか。
ハセガワ　……一度差し上げたら引き取れませんよ。僕はここを出てゆく。マーケットに登録したのは偽名ですから、連絡もつきません。後はあなたの問題です。
若い女　……ええ。

ハセガワ、去る。
若い女、一人でじっとしている。
場内に響き始める、「蛍の光」の放送……。
溶暗。

子供部屋

寝袋に入ったままの少女。
少年、小さな扉を開け、顔を見せる。

少年　こんにちは。
少女　……なんだよ。
少年　お母さんに聞いた、ここにいるって。
少女　覗くなよ。

少女、扉を閉める。

少年　（以下、声のみ）新品なんだ。
少女　なに。
少年　屋根裏キットって、高いんでしょ。
少女　知らない。

少年　組み立て簡単だった？
少女　簡単だった。
少年　自分でやったの。
少女　やるわけないじゃない。セット料金に入ってるよ。
少年　それって北枕じゃない。
少女　え。
少年　枕、見えたから。
少女　……知らねえよ、ばか。
少年　ちゃんとあるじゃない、子供部屋。どうしてベランダに置くの。
少女　どうしてだっていいでしょ。
少年　庭から樹を伝って、ベランダに登り降りしてるんだって？
少女　（母親のことを）おしゃべり。
少年　……樹の上に暮らしてるなんて、ほんとゴリラだよ。
少女　ほっといて。やだ。（寝袋に入ったまま、足をばたばた踏み鳴らす）
少年　それって、やっぱり家族と顔を合わせたくないから？
少女　別におかしくないでしょう、フィリピンとか、アジアの湿地帯に住む水上生活者とか、川の上に建ててるでしょう、竹の小屋みたいなの。宙空ハウスっていうか。

社会科で習ったでしょう。
少年　（小さい扉を開けている）フフ……。
少女　なに笑ってるの。
少年　お母さん、僕のこと、ボーイフレンドですかって。
少女　冗談。（怒り）
少年　男の子うちに来るの初めてなんだって。
少女　殺すぞ。
少年　入っていい。
少女　うるさい。
少年　僕、うまいよ、マッサージとか。君いつもがちんがちんだから、揉んであげたかったんだ。
　　少女、寝袋に入ったまま、入ろうとする少年に蹴りを入れる。
　　少年、痛いが耐える。
少年　いつもやってるんだ、おばあちゃんの肩……。
少女　やだ。いらない。

もう一度蹴ると、少年、俯《うつむ》いて、なお痛がる様子。
少女、少し心配になる。
少年、急にポラロイドカメラを取りだして、少女を撮る。
ストロボの閃光に少女が怯《ひる》んだ隙に、少年、入ってくる。

少女　なにすんだよ。

少女、少年をさらに蹴って、カメラを取り上げる。
手加減のない蹴り方で、外に押し出そうとする。
少年、うずくまって耐える。

少女　なにしてんだよ、そこで。
少年　……。
少女　なにしてんだよ。
少年　なんで学校に来なくなったのって、僕は訊かないけど。
少女　なにそれ。

少年　もう一ヵ月だから。
少女　理由なんてないんだよ、馬鹿。
少年　ひきこもりって、特別なことじゃないかもしれないけど。
少女　私がひきこもり。
少年　……。
少女　学校行かないだけでなんでそう決めつけるの。
少年　違うの。
少女　自分じゃわからないけど。
少年　じゃあプチひきこもりなんだ。
少女　プチって何。
少年　完全なひきこもりじゃないってこと……。
少女　プチ。（嫌悪）
少年　……。
少女　何しに来たの。
少年　渡したいものがあって。
少女　えー。
少年　本とか、読むでしょう。こういうとこにこもってると。

少女　やだ。いらない。
少年　プレゼント。
少女　もらう理由がない。
少年　じゃ、差し入れ。（本を置く）
少女　なんでなんで。
少年　御見舞い。
少女　病気、私？　悪いけどあんたより力強いよ。
少年　（「病気？」に応えて）いや。
少女　じゃ、心を病んでるわけ？（本を開く）ああそれで立派な人の伝記かなんか読んで、私に反省しろっていうこと？（本を投げる）信じられない、『アンネの日記』だよ。
少年　いい本だから。
少女　あんた、読んだの。
少年　うん。
少女　あんたが読んだのなんか、いらない。つーか、読んでるわよ。『アンネの日記』くらい。
少年　君はここに閉じこもってるけど、ほんとは誰かが誘ってくれるのを待ってるんだ。

その誰かが僕だ。
少女　ふざけんなよ。
少年　つまり、君のピーターになれないかなと思って。
少女　わあー。（嫌悪）
少年　数学の自習のとき、クラスのみんなにひやかされて、君と一緒に教壇の上に座らされて、「結婚式」、させられただろ。
少女　言わないで。
少年　悔しかったけど、ほんとはちょっと、嬉しかった。
少女　最大の屈辱よ。あんたと同じレベルに見られたんだから。
少年　僕も恥ずかしかったから、逃げたかったんだけど、先生まで一緒になって来賓の祝辞やるなんて思わないから……。
少女　ハルヤマのことは言うな。
少年　ほんとうは逃げられたんだ。僕一人だったら走って逃げればいい。だけど逃げたら君が傷つくかもしれないと思って……。
　少年、少女ににじり寄って、押さえ込んでいる。
　少女、寝袋に入っているため、身動きが取れない。

少女　いやだいやだいやだ。
少年　キスしていいかな。
少女　ちょっと待て。
少年　ねえ、待ったらいいの。待ったら。
少女　だから……。
少年　キス。

初めて寝袋から手を出した少女、少年を組み伏せる。
殴る。
少年、泣きだす。
少女、少年のポケットを探って、小さなテープレコーダーとマイクを取り出す。

少女　やっぱり。
少年　……。
少女　……おまえの考えじゃないな。

少年　ごめんなさい。
少女　ああ、そうか。タケダとか、オガミとか、あのへんだろ。私に甘いこと言って、キスして、証拠に録音とか撮影とかしてこいって言われたろ。ヒマだねー。
少年　……。(泣く)
少女　帰っていいよ。
少年　……。
少女　帰れ。
少年　先生に言う？
少女　言ってほしいのか。
少年　……。
少女　キスしたって言えよ。
少年　……。
少女　セックスしたって言えよ。
少年　……。
少女　ゴリラとセックスしたって言ってこいよ、みんなに。吹き込もうか。よがり声とか息ハアハアさせたヤツ。喜んで、ガオーッて、胸板叩く音とか、ほら。ガオーッ。
少年　……やめろよ。

少年、自分の股間に手を持ってきている。

少女　ちょっと、なに。あんた、かたくなってるの、それ。え。どういうこと。

少年　ちくしょうちくしょうちくしょうちくしょう！

少年、手を動かして、自分の性器をしごいている。

少女　やめろーっ。きちがい、変態、異常者、露出狂、アブノーマル、すかたん。こっち見るな。あっち行け。……あんた自分がいま何してるか、わかってるの。なに。私に見せたいの。きたない。ばい菌。ぐず。げろげろ。わあ、こっち向くな。サイテー。ばか。見るな。私を見るな！

少年、果てる。

少女　日本は滅ぶね。あんたみたいのが平気な顔して大学行って、会社入って、大人になって、結婚して、子供かなんかに言うんだよ、お父さんの若かった頃は、なんてね、生きてても死んでても同じようなやつが、しゃあしゃあと言うんだよ、自分が自分じゃないような顔してさ。駄目だよ、そんなんじゃ。ばれてんだよみんなとっくに。日本は滅ぶよ。あんたのせいだ。ぶっ殺されるぞ、てめえ。ぶっ殺す。ぜったいぶっ殺してやる！

少年、逃げるように去る。

少女、扉を閉め施錠してから、マイクに向かい、

少女　……ただ今より、私時間《わたしじかん》、十五年三カ月二十六日十四時間三十分をお知らせします。ピ、ピ、ピ、ポーン……。

溶暗。

張り込み

電気ドリルの音。
叩く音、嵌《は》める音。
懐中電灯がつく。
……夜。
中にいる刑事、小窓を開ける。
外は雨らしく、小窓から雨が降り込む。

刑事1　早く中に入って。

電気ドリルとレンチを手にしたもう一人の刑事、入ってくる。
二人、濡れた衣服や内壁を拭く。

刑事1　意外と簡単に組み立てられるな。
刑事2　これ、普及型ですから。一番安くて売れてるやつ。象印のＬＨタイプ。

刑事1　詳しいな。電気消すぞ。
刑事2　え。
刑事1　明かり漏れるといけないから。

懐中電灯を消す。
小窓からの隙間明かりのみとなる。

刑事1　この中に人間が隠れているとは誰も思うまい。
刑事2　目立ちますよ、この入れ物は。
刑事1　普及してるんだろう、この、屋根裏。
刑事2　だけどふつう道ばたに転がってないですよ、屋根裏が。
刑事1　そっちの窓から覗いて。（双眼鏡を構える）
刑事2　はい。（双眼鏡を構える）あ、人ンちだ。晩飯食ってる。おおっぴらに覗きのできる商売なんて、刑事以外ないですね。
刑事1　天文学者のほうが威張ってる。
刑事2　え。
刑事1　天体観測は、宇宙に対する覗きだ。

刑事2　（双眼鏡を）これ意味ないと思いますよ。我々が待ってるのはそこの路地を曲がってくるヤツだから。
刑事1　自分のスタイルは維持しろ。
刑事2　しかしほんとなんですかね、犯人は必ず犯行現場に戻ってくるっていうのは。
刑事1　報道管制を敷いてるからな。確認に来るはずだ。
刑事2　はい。
刑事1　おまえ、刑事になって何年だ。
刑事2　二年です。ククク……。
刑事1　なに喜んでる。
刑事2　張り込みで、こんなふうに先輩刑事と話すの、やってみたかったんです。「おまえ、刑事になって何年だ」「二年です」、ククク……。
刑事1　それ、俺、しらけた。
刑事2　え。
刑事1　どっちらけ。
刑事2　でも……。
刑事1　今から刑事っぽいこと言ったら罰金。はいスタート。
刑事2　幾らですか。

刑事1　二千円。
刑事2　そういう罰金、駄目ですよ。あの、法律上、バクチなんかと同じ扱いになるって。
刑事1　嘘だろう。
刑事2　法人格を持たない者が作った罰金制度は脅迫罪も適用されるって学説が……。
刑事1　ポイント制にしよう。十ポイントで一回おごり。
刑事2　絶対勝ちますよ、先輩が。
刑事1　なんで。
刑事2　ククク……。『張込み』って、どんな話でしたっけ、松本清張の。
刑事1　読んでない。
刑事2　あ、俺も読んでないや。
刑事1　なんだよ。
刑事2　映画は観ました。
刑事1　ああ。
刑事2　カレー食うんですよ、容疑者の元愛人の家を向かいの旅館から張り込みしてる刑事が。夏で、汗だくで、シャツ一枚になって、「からい」「からい」って言いながら。でもいくら辛いからって、刑事が何人か揃って、口々に「からい」「からい」って言うの、ヘンでしょう。当時、店屋物のカレーはそんなに辛かったんでしょうか。
刑事1　それ、どういう話。
刑事2　覚えてないです。
刑事1　だけどさ、屋根裏から覗くんだったら、やっぱり天井の節穴から、下を覗くべきだろう。
刑事2　そうですね。下で悪代官とゴウック商人が密談してるのを聞いてるんです。
刑事1　そうそう。
刑事2　で、敵方にもちょっとできるヤツがいて、気配を悟られる。風車の弥七とかは、だいたい逃げられるんです。(腕を押さえて) ちょっとこの辺だけ掠《かす》ったりして。
刑事1　まあ殺せないな、レギュラーは。
刑事2　だけど死んでしまうでしょう、(床下から刺される真似) ウグッって。悪者の手下の忍者とか。対立する軍団とか。
刑事1　ああ。
刑事2　主人公が突然槍で突くんです。突かれたヤツ、かわいそうですよ。だいたい死んだ瞬間だけ、顔が映る。
刑事1　悪役の人命、軽いねー。

刑事2　悪者だけですね。正義の味方側は、天井裏で槍に刺されたヤツ、見たことありません。
刑事1　そうか。
刑事2　前例ナシです。
刑事1　時代劇好きなのか。
刑事2　好きってわけじゃないんですけど、テレビで夕方とかお昼前に再放送してるでしょう。見ちゃうんですよねえ、ああいうの。見てるときこそばゆいんです。なんか罪悪感あるんですよねー。俺いったい何してるんだろうって。
刑事1　ああ、ああ。
刑事2　……屋根裏で、下から刺されたくないですね。
刑事1　嫌な死に方ワーストスリーに入る。……だけどこれ、屋根裏だぞ。
刑事2　いやですよ。
刑事1　……こいつ、なんで屋根裏って名前で売られてんだ。
刑事2　屋根裏の形してるからじゃないですか。
刑事1　これ屋根裏か。
刑事2　そうでしょう。
刑事1　屋根裏が地べたに転がってるか。

刑事2　でも形が。
刑事1　屋根裏は屋根と天井の隙間の空間のことで、形はない。
刑事2　じゃあこれはなんです。
刑事1　……小屋だろう。
刑事2　屋根小屋か。
刑事1　なんで屋根なんだ。
刑事2　え。
刑事1　壁も床も扉もあるんだ。壁小屋でも床小屋でも扉小屋でもいいだろう。
刑事2　かなわないですよ。
刑事1　なに。
刑事2　先輩、全署員に勝てますよ。さっきの。
刑事1　何が。
刑事2　全然刑事っぽくない。
刑事1　カレー食いたくなってきた。さっきカレーの話するから。
刑事2　カレーですか。
刑事1　売ってるだろう、コンビニで。ちょうど夜食の時間だ。買ってきて。
刑事2　いやです。

刑事1　なんで。
刑事2　ここで「はい」っていうと、いかにも新米刑事でしょ。
刑事1　いやか。
刑事2　いやです。
刑事1　ポイント3。
刑事2　なんで。
刑事1　ちょっと反抗的だけど実は素直な刑事《でか》。
刑事2　もう。
刑事1　じゃ、これで決めよう。（コインを取り出す）……先に裏を出したヤツが買いに行く。
刑事2　はい。

二人、同時にコインを投げる。

刑事2　（投げて見る）表。
刑事1　（同時に投げて見る）表。
刑事2　（投げて見る）表。

刑事1　（同時に投げて見る）表。
刑事2　実力伯仲だ。
刑事1　（投げて見る）表。
刑事2　（同時に投げて見る）表。
刑事1　……これって大きなゴキブリホイホイに似ているな。
刑事2　ええっ。
刑事1　床についてるの、ひっついたら離れられないねばねばが。
刑事2　やだな。
刑事1　（投げて見る）表。
刑事2　（同時に投げて見る）表。……なんで？
刑事1　なんでだ。
刑事2　（投げて見る）表。
刑事1　（同時に投げて見る）表。
刑事2　なんだか昔、こんなことがあったような気がしませんか。
刑事1　そうか。
刑事2　あ、すごいデジャヴュ。
刑事1　気のせいだって。（投げて見る）表。

刑事2　(同時に投げて見る) 表。絶対先輩とやったことあります、これ。
刑事1　ありえない。(投げて見る) 表。
刑事2　(同時に投げて見る) 表。
刑事1　絶対にありえない。(投げて見る) 表。
刑事2　(同時に投げて見る) 表。
刑事1　(投げて見る) 表。
刑事2　(同時に投げて見る) 表。
刑事1　(投げて見る) 表。
刑事2　(同時に投げて見る) 表。
刑事1　(投げて見る) 表。
刑事2　(同時に投げて見る) 表。

いつ終わるとも知れぬ二人のやりとりが続く……。
溶暗。

屋根裏の散歩者

紳士が立つ。

紳士　『屋根裏の散歩者』って、どんな話でしたっけ。……読んでない？　題名は知ってるのにちゃんと読んだ人いないですね、あんまり。書いた人は江戸川乱歩、コナンのお祖父《じい》ちゃんですね。……私、一応屋根裏について研究することにしまして、こないだ読みました。映画にもなってますね、観てませんけど。……たいした話じゃない。世の中を面白くない面白くないというヤツが主人公です。いっそ死んでしまったほうがマシというのが本音で、あんまり面白くない男です。……出てくる屋根裏ですが、回廊式のアパートで、行き止まりのない円形の屋根裏。そこをぐるぐる回り続けるのは少し面白い。……なんで屋根裏を散歩するかというと、他人の恥部が見たい、狭いところが好き、そういうところでしょうけど、調子に乗って、それほど憎んでもいないけれどちょっといけ好かない男を、屋根裏から、あるワザを使って殺しちゃうんですね。ミステリーですから中身は言いませんけど、ワザといってても、ほんとうにたいしたことないです。主人公は明智小五郎の友人で、あっさり犯行を見抜かれてしまうんですが……、私、思うんです。この主人公は、明智小五郎に会わなければ犯罪を犯していない。じっさい、明智にそそのかされてやったみたいに思えます。……多くの犯罪は、じつは探偵こそ犯人です。探偵の欲望を犯人が代行しているんです。そして自分の代わりに逮捕させるんです、犯人を。つまり探偵こそが屋根裏の覗き魔です。明智小五郎とこの男は、同一人物です。

溶暗。

素浪人

……夜。
外は雨らしく、風に混じって降りしきる音。
天井裏を仄《ほの》かに照らす蠟燭の灯……。
素浪人らしき者が二人、同時に銭を投げて表裏の当てっこをしている。

素浪人1　（投げて見る）裏。
素浪人2　（同時に投げて見る）裏。
素浪人1　（投げて見る）裏。
素浪人2　（同時に投げて見る）裏。
素浪人1　（投げて見る）裏。
素浪人2　（同時に投げて見る）裏。
素浪人1　（投げて見る）裏。
素浪人2　（同時に投げて見る）裏。……帰りが遅いな、やつら。
素浪人1　ああ。（投げて見る）裏。

素浪人2　(同時に投げて見る) 裏。
素浪人1　今日はこの隠れ家に戻らぬ気かもしれん。(投げて見る) 裏。
素浪人2　(同時に投げて見る) 裏。
素浪人1　(投げて見る) 裏。
素浪人2　(同時に投げて見る) 裏。
素浪人1　終わらんな。
素浪人2　終わらぬ。
素浪人1　(投げて見る) 裏。
素浪人2　(同時に投げて見る) 裏。
素浪人1　……なんで。
素浪人2　なんでだ。(投げて見る) 裏。
素浪人1　(同時に投げて見る) 裏。
素浪人2　なんだか昔にも、こんなことがあったような気がする。
素浪人1　そうか。
素浪人2　輪廻転生の記憶かもしれん。
素浪人1　気のせいだ。(投げて見る) 裏。
素浪人2　(同時に投げて見る) 裏。絶対におまえとやったことがある、この勝負。

素浪人1　(投げて見る) 裏。
素浪人2　(同時に投げて見る) 裏。

二人、さらに一度投げるが、素浪人1、銭を落としてしまう。
慌てて拾いながら、

素浪人1　どっちだ。
素浪人2　(見せる) 裏。
素浪人1　(見て) それは表だろう。
素浪人2　俺の勝ちか。いやこれは裏だ。
素浪人1　(見せて) 裏はこっちだろう。
素浪人2　えーっ。
素浪人1　そっちが表だ。
素浪人2　いやおまえが表だ。
素浪人1　おぬし寛永通宝というものを見たことがないのか。
素浪人2　何を言うか。
素浪人1　どっちだ。

素浪人2　どっちだ。
素浪人1　どちらが表か決めずに勝負したのでは話にならん。
素浪人2　……うむ。
素浪人1　やはり無理があったのか、銭の表裏で次の刺客を決めるのは。
素浪人2　しかし決めねばならん。
素浪人1　我々を裏切ったアサマを生かしておくわけにはいかん。
素浪人2　ああ。
素浪人1　ほんとうに現われるのか、アサマは。
素浪人2　あの密告が偽りでなければ。
素浪人1　動かぬ証拠をつかむのだ。やつが新撰組と結託しているなら、必ずこの屋敷に我々の計画を伝えに来る。御用盗《ごようとう》を待ち伏せる奴らの手口が、全てやつらと内通したアサマの手引きによるものならだ。
素浪人2　あいつならやりかねん。
素浪人1　もしもあいつでなければ。
素浪人2　あいつでなければ。
素浪人1　裏切り者は貴様だ。
素浪人2　貴様かもしれん。

素浪人1　俺が裏切って何の得がある。
素浪人2　新撰組の不満分子が貴様に近づいてきたのは事実だろう。
素浪人1　なぜそれを知ってる。
素浪人2　自分だけが時勢を読めていると思うのはうぬぼれだぜ、尊皇の志士さんよ。
素浪人1　おまえはもともとただの盗人だ。銭一枚で裏切り、銀一枚で殺す。
素浪人2　なに。

二人とも刀の鍔《つば》に手を置く。

素浪人1　なぜ抜かぬ。
素浪人2　貴様こそ。

勿論、この空間では、刀を鞘から出して、抜ききることはできない。
二人、どちらからともなく笑う。

素浪人2　この屋根裏では貴様の抜刀術もつっかえて役に立たぬ。
素浪人1　いつも通り大鉈振り回す勢いでは天井が抜けるぞ。

素浪人2　勝負はお預けだ。
素浪人1　……籠の鳥か。
素浪人2　これで旦那にも、少しは雀の気持ちがわかるだろう。
素浪人1　例え籠の中でも、おのれの剣は保て。

閂《かんぬき》の開けられる音。

素浪人2　やつらだ。
素浪人1　しっ。

素浪人1、蠟燭を消す。
戸の開く音。
床下に灯がつく。
天井下から細くさす隙間と節穴の明かり……。
二人、天井の節穴から、下を覗く。

素浪人2　（低く）さすがの新撰組も、まさか天井裏に敵が隠れているとは思うまい。

素浪人1　(低く)しっ。
素浪人2　(低く)あそこに掛けてある槍が気になる。
素浪人1　(低く)こっちは見えてるんだ。よければいい。
素浪人2　(低く)……どういう集まりだ。アサマはいるか。
素浪人1　(低く)……幹部が集合している。土方《ひじかた》もいる。
素浪人2　(低く)どいつだ。
素浪人1　(低く)動くな。悟られた。

息を殺す二人。

素浪人1　(低く)……気のせいだ。
素浪人2　(低く)何の話をしている。
素浪人1　(低く)聞こえん。
素浪人2　(低く)奴らも裏切り者の詮議をしているのかもしれんな。
素浪人1　(低く)……アサマだ。
素浪人2　(低く)ちくしょう……。
素浪人1　(低く)ちがう。アサマに似ているが、髭がない。

素浪人2　（低く）剃ったのか。
素浪人1　（低く）賄いの婆アだ。今出ていく。
　　　素浪人1、不意に身を引く。
　　　間。
素浪人1　（低く）今一瞬、目があったような気がする。
　　　どたどた、と天井を走る乾いた音。
　　　ネズミの鳴き声。
素浪人2　（低く）出ていった。
素浪人1　（低く）命拾いだ。
　　　別な方向から、猫の鳴き声。
素浪人1　（低く）こっち来るな。

素浪人2　（低く）しっ。
素浪人1　（低く）あっち行け。あっちだって。

天井の下から、突き上げられる槍。
素浪人2の目の前。
もう一つ、突き上げられる槍。
素浪人1の目の前。
天井の下から、笑い声。
溶暗。

キャスター

ニュースキャスターがマイクを前に語る。

キャスター　本日二〇二三年四月十九日午後、小田急電鉄のリニアモーター化に伴う拡張工事のさい、東京都世田谷区梅丘一の二十四の十四、以前アパートだった土地の地下部分に屋根裏キットが埋められており、その中に男性と思われる白骨化した遺体が入っているのが発見されました。遺体の身元は明らかになっておりませんが、このアパートに住んでいた男性が失踪した記録が残っていることから、警察は関連を調べています。（ミニチュアの「屋根裏」を手に掲げる）屋根裏キットは二〇〇〇年代初めに大量に発売された商品です。これは二〇〇三年発売の象印製ＬＨ３２型モデル３のミニチュアです。このたび発見されたものはその原型となった、少数生産されたオリジナル製品と見られております。最近、長期間放置された屋根裏キットに遺体が残されていた、同様な事件が急増しております。……このようなとんがり屋根を持った小さな小屋が「屋根裏」です。多くの場合、部屋の中に置き、ベッド代わりにしていたんですね。こういう小さな扉から出入りするようになっていました。二十世紀、「日本人は兎小屋に住んでいる」と西洋人に笑われたそうですが、今世紀初頭はこの屋根裏キットのブームについて、「日本人は棺桶に住んでいる」と皮肉られました。白骨遺体となって発見された方々は、この屋根裏を文字通り棺桶として使用していたのでしょうか。……次のニュースです。

溶暗。

棺桶

暗闇のあちこちから、様々な種類の電話の着信音が鳴り渡る。
……やがて舞台上の、一つの着信音だけが残る。
上の方から、こもった声。
そして、繰り返される、シャベルが土を掘る音。

女（声）　鳴ってる鳴ってる。
帽子の男（声）　この下だ。
中年男（声）　ちゃんと掘って。
帽子の男（声）　……意外と深いな。
女（声）　もっと下。電話鳴ってるから間違いない。

話し声、掘り返す音、だんだん近づいてくる。
シャベルが硬いものに当たる、鈍い音。

中年男（声）　ありました。
女（声）　……これなの？
帽子の男（声）　どこ入口。
バイヤー（声）　開いた開いた。

上方の小さい扉が開き、外で懐中電灯の光が揺れる。
……内部には、片側の壁に凭《もた》れている男の影。
微動だにしない彼は、「死体」である。
小さい扉が完全に開いて懐中電灯の光が差し込んでくる。
覗いている人々の影。
懐中電灯、下に落ちる。

中年男　落としちゃった。
女　もう。
帽子の男　……（呼びかける）おおい。
バイヤー　ヤマモトさん。
帽子の男　ヤマモト。

中年男　もしもし。
女　答えて。お願い。
バイヤー　いないのか。
帽子の男　切っていいよ、電話。
女　あ、そうか。（自分の携帯電話のスイッチを切る）

電話の着信音、途絶える。

中年男　……いないんじゃないかな。
女　ちゃんと探してよ。
バイヤー　……初めて見た。縁の下に屋根裏が埋まってるっていうのは。
中年男　上に窓のあるタイプってあった？
バイヤー　カスタムメイドだと思う。
帽子の男　降りられるかな？
中年男　通販？
バイヤー　たぶん。天板だけ自分で取っ替える。
帽子の男　降りてみようよ。

降りてゆく人影。

女　わー、土がいっぱい。
バイヤー　ぽろぽろ（零《こぼ》れてるよ）。
女　ちゃんと払って入って。
バイヤー　いまさわったの、誰。
帽子の男　いっぺんに四人無理だよ。
中年男　なんか、におう。
女　……なにこれ？（悲鳴）
バイヤー　落ち着け。
女　いやだいやだいやだ。
帽子の男　どこ、スイッチ。
中年男　電気通じるの。
バイヤー　充電残ってれば。

電灯がつく。

そこにいる「死体」に気づき、見つめる一同。

バイヤー　……あっちゃー。
中年男　（触れて）つめたい。
帽子の男　こういうことか。
女　……最後に連絡したの、タツノオトシゴさん。
中年男　うん。そのはず。
バイヤー　半月前のメールより最近。
中年男　同じ日だけど。
バイヤー　ひょっとしたら、死後二週間てことか。
帽子の男　……息してない。
女　手遅れだったのね。
バイヤー　……思ったより動揺しないね。
中年男　うん。
バイヤー　なんか落ち着いてるね、俺たち。
帽子の男　まあ、予想してたから。
女　きゃーっ。

彼女が悲鳴を上げたのは、彼女の目の前に、「死体」の父が、上の扉から逆さまに覗いていたからだ。

バイヤー　……お父さん。
父　……。
中年男　このたびは、こんなことに。
帽子の男　お亡くなりになってるみたいです。
女　ご愁傷様です。
父　……。
帽子の男　中に降りられますか。
父　……。

父、上に消える。

中年男　どうしよう。
バイヤー　警察に電話。

帽子の男　それは任せましょう、家の人に。
女　……遺書とか、あるんじゃない。
バイヤー　パソコンは上の部屋だった。
女　エアコンもないんだ。
帽子の男　空気窓だけ。
女　明かりもスタンダードのでしょ。
バイヤー　「純粋屋根裏派」か。
中年男　「純粋」って言った、いま?
女　全然手を加えてないわけ。
中年男　「厳正屋根裏派」でしょ。
バイヤー　表にケース出てたから、ビデオだけは持ち込んだんじゃないかな。

急に壁の一画からプロジェクターが投影され、ビデオ映像が流される。
上の小さい扉から父が顔を出す。

父　……映画は観てたみたいだね。宅配の貸ビデオ屋がよく来てました。
中年男　「厳正派」じゃなかった。

父　映画といっても、刑事ものと時代劇と戦争映画ばっかりでしたけど。
帽子の男　刑事ものと時代劇と戦争映画。
父　はい。
バイヤー　さっき自己紹介の時も言ったんですけど、私たち、ヤマモトさんと、刑事ものと時代劇と戦争映画の会議室をやってまして……。
中年男　じかに会うのは今日が初めてなんです。
父　会議室。
女　一番出入りしてたんです、シロウサギさん。
バイヤー　シロウサギはヤマモトさんのハンドルネームです。
父　外出してたんですか、この子。
女　本物の部屋じゃなくて、インターネットの中にあるんです。

父、降りてくる。
中年男、上に行き、交代で上から覗く。

父　……どうしてこんなことになったのか。
バイヤー　開かなくなったんだ。

女　蓋が。
バイヤー　地下室って周りが崩れないように山留めしなきゃいけないんだけど、ヤマモトさんが入ったら、蓋の上に土が被さってきて、その重みで開かなくなったんだ。
女　……だったら助け呼ぶでしょう、電話で。
バイヤー　そうか。
中年男　シロちゃん……、ヤマモト君。お父さんだよ。
父　……何を言ったらいいのか。もう六年、ろくすっぽ口を利いたことがないんです。いや、ろくすっぽじゃありません。まったくです。こいつが家にこもるようになってからは、まったく話をしていませんね。
中年男　はい……。
父　おい、ケンサク。「屋根裏族」の皆さんが来てくれたぞ……。
帽子の男　族って言われるとちょっと……。
女　ケンサクっていうのね、名前……。
父　モリタケンサクのファンだったんです、うちのやつが。
女　(泣く) モリタケンサクのケンサク。
父　『飛び出せ！　青春』のケンサクです。
帽子の男　「青い三角定規」……。

死体　それは絶対言わない約束だろ。

皆、俯いている。

以後、死体は、誰も自分を見ていないときに独白する。

歌を知らない女以外は、『飛び出せ！　青春』の主題歌を歌う。

女　（泣く）何も知らなかった。

死体　……まじかよ。誰だこいつら。泣くなよ、オヤジ。俺こいつら、ぜんぜん知らないんだから。今初めて顔見るんだよ。

女　生きてるあいだに会えたらよかったのに。

父　……たまに物を届けに来たんですが、ここが定位置でしたね。ここにこうやって、寄っかかって。

女　寝かせてあげないんですか。

中年男　……それはやめましょう。故人の遺志ですから。

帽子の男　もう身体、どっちにも曲がらないですよ。

女　死後硬直。

中年男　遺言は「いっさい手を触れるな」になってる。

帽子の男　触れちゃった。
バイヤー　だったら、まあ、このままで。
死体　けっこうきついんだよ、この体勢。
父　どういう遺言ですか。
バイヤー　(想像して)「僕が僕自身として生きる時間が一番長かったこの屋根裏を棺桶にしてくれ」
父　そう書いてあるんですか。
死体　書いてない。
中年男　まあそういう意味でしょう、「いっさい手を触れるな」っていうのは。
女　そういうことだったの。
中年男　故人の遺志ですから。
死体　いつ俺がそんなこと。
バイヤー　みんなで遺言したじゃないか。チャットの時……。
女　私も?
中年男　アフリカマイマイさん、新しいメンバーだから知らないんだ。
バイヤー　そうか。
中年男　……俺は死んだら、水族館の鮫の餌にしてくれと書いた。その鮫が死んだら、まるはのソーセージの原料にしてほしい。
バイヤー　ゲームみたいなかんじだったから本気じゃなかったかもしれないけど。
死体　本気じゃない。
中年男　俺は本気だった。
死体　まじかよ。
女　……死因は。見当つきませんか。
父　わかりません。
女　しなきゃいけないんじゃないですか、遺体解剖。
帽子の男　……ああ。
女　死体遺棄とかになっちゃうんじゃないんですか、このままほっとくと。
帽子の男　あんまり長い間置きっぱなしにしてると、あれでしょう。
死体　あれだよ。
バイヤー　まあこんな地下だから、まわりにはわからないと思いますけど、においとか。
女　……餓え死にじゃないわよね。
死体　違う。
中年男　ミイラになろうとした人いたね、宗教の人で。
バイヤー　ミイラ狙い。

女　流行ってるの？
帽子の男　だってミイラは血抜いたり、内臓や脳みそ出したりしないといけないんだよ。
バイヤー　そこまでする？
中年男　屋根裏ごと、真空状態にすれば。
父　どうやって。
中年男　目張りをして、掃除機で吸うんじゃないの。
死体　それは布団圧縮袋だ。
女　……ほんとうに死んでるの。
帽子の男　ああ。
女　つい最近まで、生きてたみたい。
死体　当たり前のこと言うなよ。
女　……誰にも気づかれずに埋められていたかったんだ、きっと。
バイヤー　じゃあ、このまま、もういっぺん、土を被せて……。
死体　ちょっと待て。
帽子の男　埋めるんですか。
中年男　お父さん、私たちが申し上げるのも何ですが、故人の遺志を尊重してはどうでしょう。

父　遺志。
中年男　即身仏になることです。……彼の身体はこのまま、慣れ親しんだ我が家の軒先に、ありがたい仏として供養されるべきなんです。
死体　冗談。
父　なれるでしょうか、立派な仏に。
死体　ちゃんと墓立ててよ。
帽子の男　お宅の宗教は、そういうの大丈夫ですか。
バイヤー　土葬になりますけど。
死体　だから。
父　（中を見渡し）これが棺桶。
中年男　息子さんは隠者となり、今も一人で山にこもって修行していると思えば……。
バイヤー　この入れ物はね、かなりの品ですよ。大量生産された模造品じゃなくて、初期の手作りです。……あ、これこれ。
　　バイヤー、舞台側の壁面の角を見る。
父　なんですか。

バイヤー　ただの落書きのように見えるでしょう。これ、「屋根裏ハンター」って呼ばれてるんですけど、これを作った職人の刻印です。
帽子の男　屋根裏を発明した職人です。
バイヤー　「屋根裏ハンター」を呼び出す呪文を知っていたら、彼は助かったかもしれない。
女　知らなかったの。
中年男　知ってたんじゃない。
バイヤー　え？
中年男　ほら、ここに描いてある。

中年男が示すのは、舞台側の壁面の中央の広い範囲。

バイヤー　あ……。
父　これは、こっちの絵を大きく引き伸ばして描いてありますが。
中年男　これがSOSなんです、ハンターに向けた。
バイヤー　呪文じゃなかったのか。
女　ハンターの絵を真似して大きく描いたら、助けに来てくれるんです。

父　助けるというのは、何をしてくれるんです。
中年男　さあ……。
父　いずれにしても、現われなかったわけですね、息子のところには。
中年男　すごく遠くに住んでて、遅れちゃってるんじゃないですか。
女　今から来たって、もう手遅れよ。
帽子の男　……残念です。
父　……そうじゃありません。
帽子の男　はい。
父　この絵は、半分くらい描いて、後は適当なところでやめちゃってます。
バイヤー　……そうだ。それで一見、ハンターに見えなかったんだ。
父　息子にはそういう、ちゃらんぽらんなところがあるんです。ハンターさんも呆れて、
　来てくれなかったんでしょう。
中年男　私、描きましょうか、続き。
バイヤー　さわっちゃ駄目。
父　……ハンターさんとは関係ないんですけど。
女　はい。
父　思い出したんですよ。

帽子の男　なんです。
父　ロビンソン・クルーソー。
バイヤー　はい。
父　こいつが小学校二年生の時ですよ。『ロビンソン・クルーソー』の絵本を買ってきてやったんです。無人島でずっと一人きりで過ごすのは楽しいぞーって……こいつは熱中して読んでました。あれがいけなかったんでしょうか。
死体　憶《おぼ》えてねえよ。
中年男　ケンサクさんはきっと今、お父さんとの思い出の海を一人、漂流してるんです。
女　そうね。きっとそうよ。
バイヤー　故人の遺志を尊重しよう。
父　皆さんがそう言われるなら……。
バイヤー　お父さんも納得してくれた。
死体　(同時に) オヤジー！
中年男　警察の追及を受けるかも知れないが、断固としてたたかおう。
バイヤー　我々は今まで、お互いのことを知らないようにしてきた。これから先も、じかに会うことはしない。まったくの他人だ。いいか。
女　わかった。

バイヤー　……きっと何世紀か後の人が掘り返してさ、この時代はこういう埋葬方法だったとか、勘違いするんだよ。
中年男　混乱するね、日本史。
女　なんか楽しんでない？
バイヤー　楽しくないよ。
女　楽しんでる。
父　……今夜はお通夜です。つきあってやってください。
バイヤー　徹夜で観まくりましょう。刑事ものと時代劇と戦争映画……。
父　まだ開いてると思うんです、駅前の寿司屋。
中年男　段取りしましょうか。あのね、私、会社でも冠婚葬祭の仕切りはだいたい任されてるんですすよ……。
死体　なんでおまえらが。
　泣きじゃくる女と宥《なだ》めるバイヤー以外の者、上がってゆく。
バイヤー　……（死体に）君は死んでる。死んでる人間は自由だね。
死体　俺に言ってんの。

バイヤー　聞こえるか、僕の心の声。いや、聞こえなくてもいい。
死体　聞こえちゃってるよ。
バイヤー　正直に言うよ。僕は中学一年の時、母親と寝た。
死体　わあ。
バイヤー　高校一年の時、妹と寝た。
死体　なあなあなあ。
バイヤー　いけないことだとは思わなかった。
死体　……自分でそう思ってんなら、そうだろうよ。
バイヤー　ここにいるやつらは誰も知らないけど、こいつがその妹だ。
死体　……。
バイヤー　（女にも聞かせるように）人間て、はかないね。
女　お兄ちゃん……。（バイヤーに抱きつく）
死体　おい、死んでる人間の前で……。

バイヤーと女、キスをする。

死体　キスするなよ。

女、逃げるように上がってゆく。

バイヤー、追う。

死体、一人残され、かろうじて動く首を客席側の壁にあるはずの「屋根裏ハンター」の絵に向け、

死体　理由はわからないんだ。眠って、目が覚めたのに、身体が動かなかった。原因なんかない。ただ眠っただけだ。夢の続きだと思った。だけど終わらない。夢なら終わるはずだ。……こんな嫌な夢なのにまだ続いてるぞって、夢の中で思うことあるけど、それがそのまま終わらない。……(呼びかける)屋根裏ハンター。もしも手が動いたらきっとあんたの絵を完成させてやる。そしたら出てきてくれるのか。助けてくれるのか。

……いつのまにか現われている、帽子の男。

帽子の男　……ごめんな、何もしてやれなくて。

死体　やっぱりな。……さっきから気がついてたよ、あんた、この絵にそっくりだ。

帽子の男　ああ。
死体　なんで気がつかないのかな、みんな。
帽子の男　それは無理だ。だってこれは、君の夢なんだ。君にしかそう見えない。君だけの夢だ。
死体　……そうか。
帽子の男　ごめんよ。
死体　……もう行くのか。
帽子の男　まだ大丈夫だ。
死体　急がないなら、ちょっとだけここにいてくれ。たぶん、もう少しで楽になる。
帽子の男　……いいとも。
死体　ありがとう……。

溶暗。

花粉症

布団と毛布のある「屋根裏」の内部。
若い女、下着を身につけている途中。
若い男、裸のままでいる。
若い女、性行為後の気怠さとは無縁に、からだから何かを払う仕草。

若い女　あなた、また中に花粉入れたでしょ。
若い男　……花粉。
若い女　そこらじゅう花粉だらけ。
若い男　入るわけないよ。まわり全部目張りしたんだ。言われた通り。
若い女　あなたのからだに付いてたの。
若い男　服全部脱いだし、シャワー浴びてから入った。
若い女　体の奥に残ってたのよ。
若い女、布団の中からぬいぐるみを摘《つま》み出す。

若い女　よくこんなの買ってくるわね。まだ生まれてもいないのに。そうか。こいつよ。
　こいつが連れてきたのよ、花粉。

　　若い女が叩くとぬいぐるみ、喋る。
　　ぬいぐるみは叩くとそのたびに違うコトバを喋るタイプのものだ。

若い女　……早く下降りて。

　　若い男、床の切り穴から下に降り、顔だけ出して着替えながら、

若い男　こんなの買うくらいなら、ロフトかグルニエ付きの家にすればよかった。
若い女　ベビーベッドにもなるでしょ。
若い男　個室がほしいなら初めからそう言えよ。
若い女　……。（ぬいぐるみを下に落とす）
若い男　どうせ買うなら新品にすればいいのに。
若い女　貰ったの。あなたによく似た人から。

若い男　僕に？

若い女　ミニバンに積んで帰る途中、モーテル寄って、でも部屋では何もしなくて、駐車場に戻って、中でセックスした。あなたによく似た人と。

若い男　嘘だろ。

若い女　ふふん。

若い男　嘘に決まってる。

若い女　どうして。なんで知ってるの。後つけたわけ。覗いてたのかしら、隠しカメラで。

若い男　そうかもな。

若い女　最近携帯入らないんだけど。外から私に連絡できないようにしてるでしょ。

若い男　どうやって。

若い女　そういう機械使って。

若い男　そんなの聞いたことないよ。

若い女　あるのよ。

若い女、布団の下からカタログを引っ張り出して見せる。

若い男、渡されて読み上げる。

若い男　……「サイレントマスター。携帯電話等通信抑止装置。妨害電波で携帯電話のポーリングを阻止、送受信を抑止する」。
若い女　電話使えないようにして、ひきこもりを燻り出す。
若い男　これって劇場で、携帯切り忘れた客がいてもかからないようにするやつだ。一般家庭は買わないよ。
若い女　もういい。やっぱり一緒にはいられない。……養育費だけ出して。
若い男　出ていくのか。
若い女　話し合いはすんだわ。
若い男　これでか。
若い女　私、会社やめたら、何もすることないんだってわかった。仕事もないお金もない生き甲斐もない、そういう人生。親見てたらわかるわ。何もない。何もないのよ。
若い男　それがひきこもりの理由。
若い女　胎児は母親のからだの中にひきこもってるわけでしょ。人間って、あらかじめひきこもるようにできてるの。……晩ご飯どうする。
若い男　……たまには外に出よう。何がいい。
若い女　焼肉よ。焼肉に決まってるでしょ。そう答えるのわかってて聞くんだから。焼肉食べたいの。食べなきゃ血が薄くなってくの。そうよ。あなたのせい。あなたが私に牛肉ばかり食べさせるから。

若い男　俺は狂牛病だ。牛を食い過ぎて狂った。認めよう。それでいいか。

若い女　牛の毒消すセミナーに行かせてくれないじゃない。

若い男　そんなことに金使うな。

若い女　お金かかるの仕方ないよ。生まれてくる子供のためだから。

若い男　そんなセミナーにはまるなんて頭ヘンだよ。

若い女　頭ヘンな女よく抱けるね。

若い男　君は病気なんだ。

若い女　そうよ。病気よ。うつるわよ。伝染病だから隔離しといて。牛小屋に飼い殺し。

若い男　君は家畜じゃない。

若い女　家畜でなきゃペットよ。あなたは私が発病するのを待ってるの。生まれた子供だって、安いハンバーガーばかり食べさせて、病気にするのよ。脳味噌スカスカにして、飼いやすいように。

若い男の姿、切り穴の下に消えた。

若い男　……子供の心配は要らない。

若い女　窓開けないで。アレルギー体質の子供になるわよ。

若い男　子供のことは言うな。

若い女　りっぱな牛の子を産むわよ。

若い男　産婦人科に電話して確かめた。……君は妊娠なんかしていない。

若い女　嘘よ。

若い男　どっちが。

若い女　……開けないで。

切り穴から、花びらの渦が吹き込んで来た……。

溶暗。

アンネの日記

少女、本を手に立っている。
マイクを使って、小さなテープレコーダーに録音している。
傍らに、中途半端に膨らんだリュックサック。

少女　『アンネの日記』を読んだ。十二歳から十四歳って、人生で最も愚かな年頃のように思えてくる。馬鹿のくせに自分はどっか他人と違うと思いこんでいたり、ただただオトナが憎らしかったり。でもそれはアンネも同じね。……私、アンネ・フランクは幸せな人だと思う。アンネは潜伏生活を強いられたけど、その御陰でいろんなことを感じ、考えることができたのだと思う。平和な日本でのほほんと暮らしている私は、アンネが強いられた生活は想像が難しいし理解しにくい。アンネのように「なぜオトナたちはこうも愚鈍なんだ」とか、「自分も独立した一個の人間なんだ」とか、同じように私も感じるような気がするけど、絶対違う。何が違うって、ヒトラーの暗殺計画のニュースを喜んでいるアンネと、連続ドラマを楽しみにしている私。毎日ジャガイモばかりで辟易しているアンネと、朝ご飯がパンかご飯かで母と喧嘩する私。お日様の当たる窓辺で幸せを感じるアンネと……。私は何かを幸せだとつくづく感じることがあるのかな……。たぶん無い。あってもきっとくだらない。だから今忘れているし。……アムステルダムってどんな街なんだろう。アンネは隠れ家に住むようになって、最初の三ヵ月で体重が八キロ増えて、一年間で十センチ背が伸びたんだって。息を潜めて生活していてもからだは成長する。下に誰かいるとき水洗トイレは使えないおまるの生活でも、自分の夢は持てる。アンネは有名になりたかった。ハリウッドスターになりたかった。作家になりたかった。デビュー作のタイトルは『隠れ家』と決めていた。「書いてさえいれば、何もかも忘れることができます。悲しみは消えて、新たな勇気が湧いてきます」……、ほんとかよ。連合軍が助けに来てくれる寸前に本棚の裏の隠しドアをゲシュタポに見つかって連行され、ベルゲン・ベルゼン強制収容所のバラックで死んでしまったアンネ。今あなたは、イスラエルがパレスチナの住民を虐殺してるのを見て、なんと言うでしょう。……私は自分のことなんか書きたくない。絶対に書きたくない。私の生活はかっこ悪すぎる。生きている時代も国も違うんだから仕方がない。でも少なくとも私は自由だ。そのはずだ。私はいつでも旅に出られるように、リュックに身の回りのものを用意しておくことにした。いつでも遠足の一日前のように生きていけたらいいと思う。

溶暗。

デパート

若い女、「屋根裏」の中で眠っている。
その向かいに、所在なさげにいる、帽子の男。
小さい扉は開いていて、外から入り込む、デパートの売り場の雰囲気。
フロア主任、顔を出し、客席側の壁を見つめていたが、

主任　……これ描いたの、あなたですか。
帽子の男　いいえ。
主任　こちらはお連れさん。
帽子の男　いえ、連れというわけでは。
主任　これは確かに中古品ですけど、こんなひどい落書きはありませんでした。ベンジンで擦《こす》らないと消えないんですよ、こういうの。
帽子の男　はい。
主任　……こちらのお客様、しょっちゅう売り場におみえになるんですが、よく中でおやすみになるんです。開店時間から閉店時間まで。（咳払い）こちらの商品はただ

今、中古品大放出キャンペーン中ですので、全商品表示価格の三割引き、夏に涼しい蚊帳調・すだれ調、いずれかの小窓隠しをお付けしてご提供しております。

若い女　……。（目を覚ましている）

主任　……お客様、当店は、まもなく閉店時間でございます。

　　主任、去る。

若い女　（時計を見る）なによ、まだ二時過ぎじゃない。嘘つき。……あなた誰。

帽子の男　誰って……。

若い女　何かした、私に。

帽子の男　なんです？

若い女　どうして私、寝てたの。

帽子の男　……眠かったんじゃないですか。

若い女　なんでここにいるの。

帽子の男　（客席側の壁を示し）描いたでしょう、マジックで。僕の似顔絵。駄目ですよ、お店の品物に落書きしちゃ。

若い女　買えばいいんでしょう。幾ら。

帽子の男　僕、店員じゃないよ。
若い女　焼き肉食べに行かない。私いま、猛烈に焼き肉食べたくなってきた。……はい。
　若い女、帽子の男に、懐から取りだしたナイフを渡す。
　小さい扉を開け、外に、
若い女　ちょっと、お願いします。
　ベンジンと布巾を手にした主任、来る。
主任　……お待たせいたしました。
若い女　これ運んで。
主任　お求めになりますか。じゃあ消さなくていいですね、落書き。
若い女　すぐ運んでほしいの、ここから。
主任　お支払いは現金ですかカードですか。
若い女　黙って言うこと聞いて。
主任　と言いますと。

若い女　素直に言うこと聞かないと、殺される。
主任　はい。
若い女　誘拐されたの、私。
主任　誘拐ですか。

ナイフを手にした帽子の男、主任と目が合って、思わず会釈する。
主任、ベンジンと布巾を屋根裏の中に置いて、両手を上げる。

若い女　わかったでしょ。犯人の要求に従って。そうしないと殺されるの、私。
主任　幾らなんですか、身代金。
帽子の男　よくわからないんです。
若い女　この人は下っ端よ。ボスからの命令なの。このままクルマに乗せて運んで。さもないと私、殺される……。（悲鳴に近い）
帽子の男　（つられて大きな声が出てしまう）僕だって殺したくない。
主任　そういうことでしたら。

主任、扉を閉める。

若い女　なかなかやるじゃない。
帽子の男　いや、僕は何も……。
　　主任、扉を開ける。
主任　少し揺れますよ。
　　主任、扉を閉める。
　　その言葉通りに、屋根裏は揺れて、動きだす。
　　やがてふわっと浮く感じになり、圧力が掛かる。
　　エレベーターの動く音が、やがて停止音になり、扉が開く音。
　　また動き始める。
　　……小さい扉が開き、主任が覗く。
主任　行き先は。
若い女　甲州街道沿いの「叙々苑」。

主任　はい。

小さい扉、閉まる。

そしてガチャン、とクルマの扉の閉まる音。

帽子の男　焼肉屋ですか。

若い女　サービス券持ってるの。ああ早く食べたい。やっぱり夏は焼肉よね。

エンジン音。

ふわっと旋回し、揺れながら進む感じになる。

強い陽光が隙間から差す。

若い女　外に出たわ。

帽子の男　……どうしてこんなことするの。

若い女　つまらないこと聞かないで。

帽子の男　お金なら持ってるんじゃない。

若い女　お金出して買ったりなんかしないわ。だってこの屋根裏、私が使ってたんだもの。人にもらったの。なのにね、私に黙って捨てちゃったの、私の結婚相手が。そうよ。私、もらったのよ。もらったものわざわざ買うことないでしょ。

外から、花火の音、蟬の声……。
女、服を脱ぎ始める。

若い女　……もう、暑い暑い。こんな狭っ苦しいところいたら、暑くてたまらない。
帽子の男　ちょっと……。
若い女　どうする。あなた私を誘拐したんだから、腕とか縛ってみる？　それとも何か別なことする？
帽子の男　肉食べるんだったら、裸はやめよう。
若い女　レバ刺し食べたい。
帽子の男　考えてみたら不思議だ。肉の塊が、また別な肉を食べる。
若い女　ねえ、どこ行こうか。私たち今、万能なんだよ。自分が行きたいところ、どこだって行けるんだよ。ねえ、どこがいい？　どこ行きたい？　どうしたの。
帽子の男　……肉だけじゃない。血だ。ここいっぱいが血の海だった。
若い女　なに。

帽子の男　誰か死んだんだ、ここで。そいつは僕を呼ばなかった。
若い女　……なに言ってるの、あなた。
帽子の男　誰かここで死んだ。君じゃない。
若い女　……。
帽子の男　君は平気だ。僕を呼び出す人間は、たいてい本気で死のうとは思っていない。
若い女　(震えている) あなた、誰。
帽子の男　君が僕を呼んだんだ。屋根裏ハンターにハントしてもらいたい、君がそう思ったんだ。

……次第にスピードが上がっていて、暴走する激しい轟音と揺れ。

帽子の男　……僕の存在を消してくれ。

若い女、ベンジンと布巾で絵を消す。
急ブレーキの音と共に、暗転。

……静寂の中、すぐに小さい扉が開く。

外側にはデパートの売り場の喧噪と、白々とした蛍光灯の世界……。
帽子の男の姿はない。
若い女、茫然としている。
主任が顔を出す。

主任　お買いあげありがとうございます。

溶暗。

不在の部屋

赤いミニランプに染め上げられた世界に、スタンドだけが白い小空間を浮かび上がらせている。

本来は白色であっただろう、シーツ。

どこからか、空洞を吹き抜けるような音。

入ってくる中年女、そして、兄。

中年女　どこにもさわらないでください。何かちょっとでも違ってると、すぐ感づきますから。
兄　この音は。
中年女　空気清浄機です。ここの中だけは、特別にしてるみたいです。
中年女、スタンドの白い光に、まるで焚き火にでもあたるかのように、手を差し出す。
兄、中の様子を探る視線。

中年女　四時間は帰ってこないと思います。ドライブのついでに、いろいろ買い込んでくるんです。一ヵ月に一度のことですが。
兄　助かります。現場を見ないことには、実態が摑めませんから。
中年女　どうしたらいいかわからないんです。プロの方に頼るしか。……どんな方かにもよるんですけどね。前なんかプロどころか、息子と遊んでたんですよ。馬券買ったり、ゲームをしたり。聞いてみたら、ひきこもりを治す気なんかまるでないんです。彼ら自身が元ひきこもりだったんです。
兄　はい……。
中年女　あなたはこのお仕事長いんですか。
兄　いいえ。
中年女　ですからね、経験があればいいという問題ではないと私は言いたいの。
兄　……ええ。
中年女　すみません勝手に喋っちゃって。ふだん息子のこと話す相手がいないもんで。
兄　この「屋根裏」は、いつからあるんです。
中年女　……二年くらい前ですか。
兄　十年じゃないんですか。

中年女　いいえ。
兄　世間に「屋根裏」のブームが起きるより何年も前から、息子さんは独自に自己流の「屋根裏」を開発していたと聞いています。
中年女　そうなんですか。
兄　そういう書き込みがあったんです、息子さんのアドレスで。
中年女　嘘でしょうね。
兄　嘘でした。この屋根裏はインターネットで買える既製品です。息子さんが作ったんじゃありません。
中年女　作れるわけないです、あの子に。
兄　ひょっとしたら息子さんが「屋根裏」の発明者かもしれないと、期待してたんですが……。
中年女　まあ息子の言うことは、ほんとうのことの方が少ないです。いえ、ほんとうのことなんてほとんどないと言っても言い過ぎじゃありません。
兄　この二階はいつから？
中年女　最初に子供部屋を作ったのは、小学校二年。二階全部を渡したのは高校一年でした。
兄　ふだん入れますか、中に。

中年女　年に一度も入れません。
兄　二階に上がるなと命令を。
中年女　ええ。
兄　……子供が自分個人の部屋を与えてもらっている比率は、日本が一番だそうです。
中年女　アメリカでは親が子供に「部屋を貸してやっている」という考え方が一般的です。部屋は子供の持ち物ではない。親がノックすれば必ず中に入れなければならない。問答無用のルールです。親にお客が来たらゲストハウスとして明け渡させる。それが家庭というヨットの船長たる父親の権限です。
兄　ええ。
中年女　……はい。
兄　本の受け売りですけど。
中年女　逃げていきましたから、父親は。あの子の暴力を恐れて。
兄　あなたを殴りますか。
中年女　……はい。昔、父親が酔っぱらって暴れたのと、そっくり。
兄　どんなとき暴力を。
中年女　最初にひどくやられたときは洗濯の仕方が悪いって……。後はもう理由なんてわかりません。虫の居所が悪けりゃ、「どうして俺を産んだ」っていうのも理由になっちゃうんですから。うっかり少年ジャンプの発売日を忘れたら、居間に火のついた新聞紙、放り込まれたことがありました。
兄　暴れるのは家の中だけですね。
中年女　就職は三ヵ月も続かなかったですし、暴れる相手いないでしょう、外には。
兄　家庭内暴力は、ご家族には手が付けられない場合が多いんです。反社会的行動があれば、外から対応できるんですが。
中年女　手遅れでしょうか。
兄　本人の環境を変えてあげることが重要です。私たちは民間更生施設へのご入所をお薦めしております。
中年女　治るでしょうか。
兄　仲間がいることに癒やされます。社会復帰ができるよう、規則正しい生活リズムを身に付け、各種の技術をマスターするカリキュラムを組んでおります。見学もできますよ。一度見ていただければわかります。「大人のひきこもり」専門のプロがいますから。
中年女　あなたは幾ら御礼を貰うわけ、そういうところから。
兄　……。
中年女　結局商売なんですよね、皆さん。

兄　そんなこと言ってる場合ですか。
中年女　お金がないんです。
兄　……。
中年女　私が生きている間は、なんとかします。保険の外交員は、定年ありませんから。
兄　……ほんとうの心配は、何ですか。
中年女　……。
兄　秘密は守ります。
中年女　……。
兄　（客席側の壁を示す）ベンジンで消したみたいだけど、いっぱい落書きの跡がある。「絶望」「死」「未来」……。細かくぎっしり。これはお子さんの字ですか。
中年女　（透かすように見る）いいえ。
兄　……誰かいるんですね。
中年女　……。
兄　お子さんじゃなくて、別な誰かが。
中年女　……ええ。
兄　友達がいついている？
中年女　友達なんかいません。

兄　いつ頃からです。
中年女　わかりません。本人だって、いるかどうかわからないんです。トイレは子供部屋の横だし、勝手口からすぐ階段に上がれますから、ほっとくと何日も顔を合わせないんです。
兄　食べ物を買いに行かされますか。
中年女　時々。
兄　寿司とかは、何人前です。
中年女　二人前に、お稲荷さんとか。……もともとそれくらいは食べるんです。
兄　息子さんが屋根裏を買ったのは、その誰かを閉じこめておくためじゃないかと思うんです。
中年女　誰かをここに囲っていると。
兄　ええ。
中年女　……ばけものです、うちの子は。
兄　……。
中年女　あの子の跳び蹴りが怖いんです。いつ跳び蹴りをしてくるかわからないから、いつも身構えて……。でも私がいなければあの子は生きていけない。私は奴隷です、あの子の。

兄　親も子供も、あなた方だけじゃない。自分の子がどこかに連れ去られたら、その親はいつまでも探し続けるでしょう。
中年女　北朝鮮に拉致されたと思って、諦めてるかも知れないでしょう。
兄　……。
中年女　死にものぐるいで探せばすぐ見つかりますよ。そんなことしそうな人間、うちの子以外にそうそういるもんですか。
兄　探す努力が足りなかったと。
中年女　……こんなこと言わせないで。
兄　……。
中年女　……帰ってください。お願いしたのは間違いでした。
兄　私は構いませんよ。私は関心なんかないんだ。私が知りたいのは、この屋根裏を発明したのは誰かということだけです。私は、これを作ったやつを捜しているんです。
中年女　こんな玩具《おもちゃ》の家……。
兄　どんなに無関心でも、何も知らないはずがない。シャワーを浴びる僅かな隙に覗いたかもしれない。生理用品を買いに行かされたかもしれない。天井の軋みが一つでないことに、とうに気がついていたはずだ。
中年女　……声がしたんです、節分の日に。

兄　声。

中年女　「鬼は内、福は外」って。……女の子の声でした。あの声を聞いてから、夜中に目が覚めると眠れません。息もできない。聴こえてくるんです。「鬼は内、福は外……」。

兄　帰ります。

中年女　……どうして。

兄　どうすればいいのか、あなたが一番よくご存じだ。

中年女　……。

　　中年女、微かに笑う。

　　溶暗。

山小屋

吹雪の音。
「屋根裏」の中に腰掛けている、青い帽子を被った登山装備の若者（青帽）。
小さい扉が開く。
吹き込んでくる雪片。
慌てて入ってくる、赤い帽子を被った登山装備の若者（赤帽）。

赤帽　ふーっ、助かった。……（青い帽子の若者に気づいて）お邪魔します。
青帽　……お先に。
赤帽　いやあ、すごい吹雪になっちゃって、一時はどうなるかと思った。あなたも五合目のキャンプに向かってたクチですか。
青帽　五合目なんだ。
赤帽　迷いましたね。
青帽　そう……、迷いっぱなし。
赤帽　一人なんですか。

青帽　気がついたら。
赤帽　僕もそうなんです。自分はよく先頭につくんですが、ついつい見栄張って早足になるうちに、本隊とはぐれちゃったんです。前にも一度、そういうことありました。
青帽　みんなほっとくんですか。先頭を見失ったのに。
赤帽　いやー、そういうときは、僕が用を足していたりするので。大きい方ですけど。……気にしなかったみたいなんです。だいたいすぐに追いつくから、僕。
青帽　探されて、パンツ下ろしてるところ見つかっちゃうのは、あれですね。
赤帽　そうなんです。僕、もともと下《しも》が緩くて……、それに冷えちゃったでしょう。
青帽　ああ。
赤帽　雪の中で用足すのいやですね。……大丈夫です。ちゃんと外でしますから。……ふう、暖まってきたけど、いろりとかあるといいね。まあ屋根裏にいろりあっちゃ、ヘンだけど。うまく考えたもんですよ、屋根裏キットを山小屋代わりにするなんて。
青帽　どうやって運んだんだろう。
赤帽　ヘリコプターに吊って来て、落とすらしいです。軽いから。
青帽　……山小屋と屋根裏って、似てるでしょう。
赤帽　はい？
青帽　子供の頃、うちに屋根裏部屋があって。いつも屋根裏のこと、山小屋って言い間違えちゃって。

赤帽　山小屋と屋根裏。

青帽　似てるでしょう。

赤帽　癖になっちゃうからね、そういうの。

青帽　ええ。

赤帽　だけどここはほんとうに屋根裏だ。

青帽　屋根裏で、山小屋。

赤帽　山小屋で、屋根裏。

青帽　……あなただったんだ。

赤帽　え。

青帽　……誰か、呼んでるような気がしてはいたんです。

赤帽　僕じゃないと思いますよ。僕はこういう時、声出さないんです。大声なんか出した日には、エネルギー消耗するし、気管支に負担掛かるんです。空耳じゃない？

風に煽られたか、小さい扉がひとりでにパタンと開く。

赤帽　寒い。（閉める）

青帽　バカになってるんです、そこの蝶番《ちょうつがい》。
赤帽　みんな着いたかな、キャンプに。……自分のことばっかり考えてた。本隊の連中も迷ってたらどうしよう。
青帽　みんなこの屋根裏に来たりして。
赤帽　全員は入りきれませんよ。
青帽　どうしよう。
赤帽　……雪でかまくらを作ればいい。
青帽　いいですね、かまくら。中で甘酒とか、みかんとか……。

小さい扉が、またひとりでにパタンと開く。
その向こう、降りしきる雪の中に、女が立っている。
白い上っ張りを着ている。
扉を閉めようとした赤い帽子の若者、驚く。

青帽　……本隊の人ですか。
赤帽　いいえ。（外に）中、入って。（青い帽子の若者に）ちょっと詰めましょう。あ、僕がそっち行きます。

白い（上っ張りを着た）女、入ってくる。
赤い帽子の若者、青い帽子の若者の隣に移る。

青帽　顔が真っ白……。
赤帽　大丈夫ですか。
白い女　（頷く）
赤帽　（青い帽子の若者に）何か持ってませんか、すぐエネルギーになるもの。チョコレートとか、カロリーメイトとか。
青帽　いいえ。
赤帽　ウイスキーとかでもいいんです。（白い女に）すぐ暖まりますよ。（青い帽子の若者に）僕も入ってきて、だんだん元気になったでしょう。
白い女　……。（震えたまま、角に縮こまっている）
青帽　ここにいればもう平気。何も怖いことなんかないから。
赤帽　……事故にでも遭ったんですか。
白い女　……。（かぶりを振る）
赤帽　はぐれただけ。

白い女　……。（頷く）

赤帽　学生さん？　どこの山岳部？

白い女　……。

赤帽　黙ってちゃわからないよ。君みたいに真っ白な子が黙ってると、なんか、雪女みたいだよ。

赤い帽子の若者、白い女の手を取る。

白い女　……。

赤帽　ああ、よかった。ちゃんと実体はありました。（手が）冷たいね、カイロ出しましょうか。

青帽　……聴こえません？

赤帽　はい？

青帽　誰か呼んでるんです、遠くで。

赤帽　（耳を澄ます）……聴こえないですけど。

青帽　……呼んでます、確かに。

赤帽　そうですか。

青い帽子の若者、出てゆく。

赤帽　ちょっと……。いま行っちゃ危険です。

赤い帽子の若者、追おうとするが、白い女が彼を掴んだ手を離さない。

赤帽　何するんだ。
白い女　行っちゃ駄目。
赤帽　君、おかしいよ。どうしてそんな挙動不審……。
白い女　挙動不審はあなたよ。
赤帽　……なに。
白い女　……あなた、誰と話していたんです。
赤帽　誰って、ここに、……青い帽子の人が。
白い女　誰もいませんよ。
赤帽　……。
白い女　誰もいない。けど今、扉が開いて、白いもやみたいなものが出ていったわ……。

赤帽　そんな……。
白い女　……私、聞いたことある。遭難事故からただ一人無傷で生き残った者は、その後、亡霊を見るようになるって。
赤帽　僕は亡霊じゃない……。
白い女　私もよ……。

闇の向こうを、吹雪が舞い続ける……。
溶暗。

ぬいぐるみ

青いアロマランプに照らされた空間。
片隅に、ぬいぐるみに向かう女。
女が叩くと、ぬいぐるみは内部の装置に録音されていた言葉を発する。
バッグを手にした兄が反対側にいる。
兄、バッグから地球儀を取りだして、少し回してみる。
ぬいぐるみの女、その音に関心を持ったのか、振り返る。

兄　いつものようにあなたがぬいぐるみと話すなら、僕もそうしよう。……ご両親に頼まれたからではなく、自分のために。……（地球儀を回す）子供の時から持ってる。貯金が貯まるのを待ちきれずに買った、一番安くて小さなやつだ。
ぬいぐるみの女　……。
兄　僕には弟がいた。あいつはできがよかった。ずいぶん歳が離れていたのに、僕よりうまくやってのけることがある。そのことに気づくと、あいつは黙っていた。僕が悪戯《いたずら》をしたり、親の目を掠《かす》めて盗んだり誤魔化したり、そんなときも黙っていた。

僕が嘘をつき、ルールを破らなければできなかったことを、あいつはいつもまっすぐ、正面からやりとおせた。……どうしてそんなことができるんだと訊いた。兄さんのやり方を見ていたからだと言った。

兄、地球儀を回そうとするが、その指は躊躇している。

兄　僕が山登りを始めたと聞いて、あいつも山岳部に入った。僕らは地球儀を回して、どちらかが征服した山頂に、一つずつ印を付けてゆこうと約束した。山頂ではゆっくりと三百六十度を視野に収める。全ての山頂を制覇すれば、僕たちは二人で地球全体を見回したことになる。

兄の指は、直接触れることなく、地球儀の輪郭をなぞるのみ……。

兄　次の長い休み、二人で山に登った。手ほどきをしてやるつもりだった。……そして迷った。あいつはほんとうは正しいルートに気づいていたのに、僕に自分で気づかせようとした。僕のメンツを立てたり、憐れんだりしたわけではない。あいつはただ、僕に見つけてほしかった。僕が見つけると信じていた。そして僕が自分で道を見つけたことを喜んでいた。

女、ぬいぐるみを置き、地球儀に近づいている。

地球儀に触れてみる。

兄　あいつが独りぼっちになることを、僕は知っていた。望んでいたのかもしれない。そうしなければ、僕があいつに帰り道を教えてやることはありえなかったから。一緒に迷うかもしれないとは、思いもしなかったから。

女が静かに地球儀を回す音が残って……。

溶暗。

嵐の夜

赤いミニランプに染め上げられた世界に、スタンドだけが白い小空間を浮かび上がらせている。

本来は白色であっただろうシーツ、それは今、朽ちた赤色の染みが点々と広がり、本来の用途とは縁遠い存在となっている。

どこからか、空洞を吹き抜けるような音。

それは外界の嵐に呼応しているのか……。

帽子の男がいる。

天井の小さい扉が開き、つなぎを着た男の顔が覗く。

つなぎの男、帽子の男を見る。

小さい扉を閉める。

……外からつなぎの男の大声がきこえる。

つなぎの男の声「このうらみけしてけっしてわすれない　このうらみけしてけしてけっしてわすれない　だれにたいしていってるかわかるよな?」

小さい扉、もう一度開き、つなぎの男の顔が覗く。

つなぎの男　何してるんだ、おたく。...What are you doing? This is my question. Do you understand? Ah-ha?

帽子の男　呼ばれたから来た。

つなぎの男　誰に頼まれた。親か。警察か。ソーシャルワーカーか。俺は誰とも話なんかしないしないしない。おせっかいめ！

つなぎの男、小さい扉の開いたところから金属バットで突く。

帽子の男には当たらない。

つなぎの男、今度はバールを手に中に入ってくる。

帽子の男　そんなもの振り回すと壊れるよ。

つなぎの男　いつからここにいる。

帽子の男　……ついさっき。

つなぎの男　（床下に通じる切り穴の蓋部分を示し）ここ、開けたか。

帽子の男　俺が？
つなぎの男　開けたのか。
帽子の男　開けてない。
つなぎの男　……ここの下、どうなってると思う。
帽子の男　どうって……。
つなぎの男　屋根裏が重なってたろ。（「親亀の上に子亀を乗せて」の節で歌う）屋根裏の上に屋根裏載せて。五重に積めば屋根裏の五重塔。上が屋根裏ならその下もまた？（問いかける）
帽子の男　屋根裏。
つなぎの男　開けたのか。
帽子の男　いや。
つなぎの男　頼まれて簡単に引き受けたんだろうが、俺をここから出すのってたいへんだよ。こないだも五人がかりだった。あんたみたいのと違うよ。専門家に頼んでさ。警察ＯＢが中心となって設立したのがご自慢の総合危機管理会社の連中だ。ありゃヤクザだな。我ながらよく暴れたね。みごとだったよ。俺一人外に出すのに何十万もかかる。だけど出せなかったから支払いはナシ。幾らで受けた？
帽子の男　お金は受け取ってません。

つなぎの男　ははあ……、「かえるくん村」のインストラクター？
帽子の男　かえるくん。
つなぎの男　ひきこもりからかえる、冬眠からかえるの「かえるくん」。
帽子の男　知らない。
つなぎの男　待て。自分で言うな。当ててやる。……言うなよ。
帽子の男　別に仕事じゃありませんから。
つなぎの男　あんた、俺が働いてないと思って馬鹿にしてるな。今の世の中、俺みたいなやついっぱいいるだろ。パラサイト・シングル。
帽子の男　……。
つなぎの男　いつまでもこんなふうにしてるわけじゃない。俺はそこらのサラリーマンとは違う。いつも考えてる。何考えるかっていうと、やっぱり世界平和と、共生っていうのかな……、うん、人類の共生について。
帽子の男　……。
つなぎの男　考えすぎるとさ、世界が自分だけのものじゃないってことに気がついて、頭がヘンになる。そういうことって、ない？
帽子の男　下にいたんですね、誰か。
つなぎの男　なんでわかる。

帽子の男　……においがします。
つなぎの男　くそう。誰か開けたんだ。開けなきゃにおいは出てこない。きたないきたないきたない。

つなぎの男、内部を「カーペットころころ」（回転式清掃用粘着テープ）とガムテープの粘着面で綿密に掃除し始める。

つなぎの男　俺はきれい好きなんだ。一日二十回手を洗い、五回風呂に入ってる。
帽子の男　……ぞうきん使ったらどうですか。
つなぎの男　下にいるのが誰か知りたいか。
帽子の男　……ええ。
つなぎの男　女の子。俺の彼女だ。いや、彼女にしてやってもいいがお友達だ、今は。
帽子の男　……友達なんですか。
つなぎの男　未成年だからな。おかしいか。あいつは十九で俺は四十一。おかしいか。
帽子の男　閉じこめたんですか。
つなぎの男　鍵はかけてないし、見張ってるわけじゃない。いつだって自由に出ていける。友達を閉じこめるわけないだろう。

帽子の男　（血染めのシーツを見せ）力づくじゃなかったんですか。
つなぎの男　むりやり閉じこめたら犯罪だ。どんな罪になる。
帽子の男　……。
つなぎの男　未成年者略取・逮捕監禁致傷。最高刑は懲役十年。
帽子の男　閉じこめたんですね。
つなぎの男　連れてきただけだ。
帽子の男　いつ。
つなぎの男　十年前の秋。農道で見かけた。下校の途中だった。声をかけてみた。
帽子の男　ふつうに誘ったんですか。
つなぎの男　ナイフでね。トランクに入ってもらった。人目があるだろう。
帽子の男　幾つでした。
つなぎの男　三十だよ。
帽子の男　彼女です。
つなぎの男　四年生だった。

つなぎの男、床下に通じる切り穴の扉を開けた。
覗いてみる。

……中に存在を見つけられない。

自分で入ってみる。

しばらくして顔を出す。

つなぎの男　どこへやった。

帽子の男　とても二十歳前には見えなかった。瘦せていた。

つなぎの男　スマートなんだ。

帽子の男　ちゃんと飯、食わせたか。

つなぎの男　毎日弁当買ってきてやってるよ。

帽子の男　コンビニ弁当一個だけだろう。

つなぎの男　ダイエット中の女は、一日千キロカロリーでいいんだ。

帽子の男　体重が減る。

つなぎの男　そうか。

帽子の男　十キロダウン。成長期の子供の体重が、十年で十キロ減ったんだ。

つなぎの男　もともとからだが弱いんだ。時々失神するし、脚も悪くて一人じゃちゃんと歩けやしない。

帽子の男　肌はカサカサで、歯はぼろぼろ。

つなぎの男　いろいろしてやったよ。下着も盗んできてやった。
帽子の男　下着ぐらい買ってやれ。
つなぎの男　女物の下着なんか買えるか。
帽子の男　どうして逃げなかった。
つなぎの男　どうしてかな。あいつは押入れが気に入ってた。あいつのからだにぴったりサイズの箱に作り替えてやったからな。屋根裏より早い。俺のアイデアだ。
帽子の男　……。
つなぎの男　どこにいる。
帽子の男　もう会いたくないって。
つなぎの男　答えるなら今のうち。山に埋めてやろうか。
帽子の男　会いたくないってさ。
つなぎの男　恥ずかしがってるだけだろ。あいつの友達は俺だけだ。
帽子の男　もう終わりだ。
つなぎの男　一番の話し相手だよ。
帽子の男　手足をガムテープで縛っておしゃべりか。
つなぎの男　……もうしない。教えてよ。
帽子の男　きっとまたやる。

つなぎの男　わかったよわかったよ。おまえもしてみたいんだろ。あーあー。させてやるよ。それでいいんだろ。あーあー。

つなぎの男、興奮して電気のつけ消しを繰り返していたが、暴れはじめ、帽子の男に抑えられる。
つなぎの男、客席側の壁にある絵に気づく。

つなぎの男　……これ、あんた？　そっくりだ。誰が描いた。
帽子の男　あの子はものすごくしっかりと描いてくれたので、まるごと僕と入れ替わることができました。あんたはあの子が落書きすると殴ったらしいけど、あの子は描き続けた。せっかく屋根裏にいたのに、あの子がこの絵を引き延ばして描こうと思いつくまでに、二年かかった……。
つなぎの男　きたないきたないきたない。（落書きの絵を消そうとする）
帽子の男　（取り押さえる）あの子と一緒にいて、面白かったか。
つなぎの男　面白かった。
帽子の男　愉《たの》しかったか。
つなぎの男　ああ。

帽子の男　去年の冬、足の骨を砕いたのはなぜだ。
つなぎの男　俺の身を守るためだ。
帽子の男　誰から。
つなぎの男　あの子だよ。後から仕返しに来られないように、あらかじめ力を奪っておく必要がある。当然だろ。
帽子の男　……外は台風だ。梅雨時や今じぶんは気が楽だろう。こんな季節は誰もがひきこもる。おまえだけが特別じゃないからな。
つなぎの男　これはひきこもりじゃない。たてこもりだ。
帽子の男　誰に対する。
つなぎの男　俺はギャンブラーだ。ばれるかばれないか、捕まるか捕まらないか、それは賭けだ。運勢が俺を見放すかどうかだ。
帽子の男　賭けに勝ったのか。
つなぎの男　外さなかったから今までこられた。だいじなときのバクチは勝つ。
帽子の男　お父さんと喧嘩して、階段から突き落としたときもそうか。
つなぎの男　（頷き）オヤジは警察に言ってもよかった。
帽子の男　お父さんは逃げて、お母さんは残った。君の勝ちか。
つなぎの男　……俺は出ていかない。

帽子の男　そうか。
つなぎの男　いつか誰かが戸を壊して無理矢理ここを開ける。そのとき俺は死んでいる。
帽子の男　どうぞ。
つなぎの男　そう言うと思った。本気で止めてくれたやつは今まで一人もいなかった。
帽子の男　……もうここにいたくない。おまえが消さないなら自分でする。（落書きを消し始める）
つなぎの男　俺に何ができる。金もない能もない。何を考えてるかわからないって言われ続けてきた。きっと精神病だ。いないはずのあんたが見える。これって心神耗弱？
帽子の男　自分でけじめつけろよ。
つなぎの男　オーライ。ノープロブレム。もういい。おしまい。これってゲームだろ。リセットさせてくれ。
帽子の男　できない。
つなぎの男　どっかにボタンあるだろ。リセットリセット。
つなぎの男、床下の穴に戻って小さい扉を閉める。
……下から大声がきこえる。

つなぎの男の声　「このうらみけしてけっしてわすれない　このうらみけしてけしてけっしてわすれない　だれにたいしていってるかわかるよな？」

帽子の男が壁の落書きを消すに連れて周囲は暗くなり……、

溶暗。

母と息子

ゴミだらけの部屋。
覗いている、母。
布団にくるまって眠っていた息子、目覚めて母に気づく。

母　……よくそんなに眠れるね。病気なの。
息子　……いたの。
母　寝顔見てると昔と変わらないね。
息子　昔。
母　四畳半に親子三人、川の字で寝てたとき。
息子　（欠伸《あくび》する）
母　あんた最近立ちあがったことある。背、低くなったんじゃない。
息子　哺乳類は基本的には四つんばいなんだよ。内臓が直立歩行に適していない。
母　五体満足に産んだのにね。
息子　ほんとにあんたが俺を産んだの。

母　うん。
息子　どうしてもそんなふうに思えないんだ。
母　ずいぶん顔洗ってないでしょう。粉吹いてる。……毎朝顔洗えば。そういう習慣だけで人は変わるよ。お風呂沸かそうか。
息子　もったいないよ。からだ動かしてないんだから汗かかない。
母　……やっぱり施設入ったら。少なくとも毎朝顔洗うでしょ。
息子　義務的にね。
母　毎朝顔洗うのは人間の義務よ。
息子　顔洗うのはいいけど、トイレ掃除は。
母　やってみなくちゃわからないでしょ。
息子　俺、たぶんうまくやれると思う、そういうとこ入ったら。けど家に帰ればどうせ戻っちゃう。やんなくたってわかる。
母　ご近所の目もあるんだからね。挨拶くらいしてよ。
息子　挨拶した方がヘンだよ、俺みたいのが。
母　手ぶらで外出するのやめな。いかにも無職に見える。
息子　うん。でも仕方ないよ。「ひきこもり」って、翻訳すれば「はたらかない」ってことだ。

母　働かざるもの食うべからず。
息子　ロシア人はほっとくとみんな働こうとしないから、共産主義体制敷いて、強制労働のシステムを作ったんだ。
母　ほんと？
息子　ひきこもりの始まりってロシア人なんだろ。オブローモフっていう十九世紀のアナーキズムの人。
母　アナーキズムってどういう意味。
息子　ろくなもんじゃないだろ、穴が開いてんだから。
母　入っていい。
息子　いいよ。

母、小窓から入ると見せかけて、ぬいぐるみを入れる。
息子、パチンコで撃ち、命中させたが、相手はぬいぐるみだ。

息子　……なんでわかったの。
母　何年あんたの親やってると思ってんの。
息子　何もしない。

母　暴力反対。
息子　もう飽きた。
母　ほんと。
息子　さわるのやだもん。
母　……。
息子　人間て、変わるね。子供の頃はカエルとかザリガニとか平気でさわったじゃない。今はコガネムシだってさわるの嫌だよ。
母　あんた子供返りしたかと思ってたけど、子供にできることもできなくなっちゃったんだね。

入ってきた母、布団の中から、インスタントラーメン、缶詰、コーンフレークの箱などを摘み出して眺める。

母　何でも揃ってるね。ここ、お店？
息子　どうして家はコンビニじゃないんだと思うよ。
母　(布団の下を見て) 草が生えてるよ。
息子　室内栽培さ。もやしとか貝割れ大根とか、アルファルファ。

母　へええ。
息子　三つとも育て方同じだから。ブルーベリーと万能ネギも試してみる予定。
母　暇なんだね。
息子　自活の道を模索してるんじゃないか。
母　ふうん。
息子　ひきこもらなければ出来ない仕事もある。実はね。母さん。僕は海外在住と偽って、インターネット事業で生計を立てようと思ってる。司法試験も受けるつもりだ。
母　へえ。
息子　僕のひきこもりライフに注目した出版社があって。手記も執筆中なんだ。
母　本なんか書けるわけないでしょ、新聞も読まない人が。
息子　そんなに変わりゃしないだろ、世間は。
母　ビートたけしが総理大臣になったよ。
息子　嘘。
母　嘘に聞こえないところがすごいね。
息子　どっかで戦争してる？
母　してるよ。
息子　こっちも早く戦争にならないかな。

母　どうして。
息子　みんな燃えて、キレイになる。
母　……私は幸せかもね。ふつう、子供が恋人つくって、結婚して、子供産んで、年齢相応に成長したら母親なんか見向きもしなくなるでしょ。虚しいでしょ。きっとすぐぼける。私はぼけてなんかいられなかった。あんたのためにすることいっぱいあったから。
息子　過去形だね。
母　……。
息子　……入院してたんじゃなかったの。
母　してたよ。
息子　してたの。（過去形であることを意識する）
母　どうして見舞いに来なかったんだい。
息子　……。
母　もう消えようと思って。
息子　消えるの。
母　消える。
息子　本気。

母　本気。
息子　どうやって。
母　内緒。
息子　一緒に死のうか。
母　いや。
息子　どうして。
母　絶対にいや。
息子　いま死なれちゃ困るよ。レンタルビデオ返しに行ってほしいの。延滞してんだ。
母　また。
息子　刑事ドラマと時代劇観たから、あと戦争映画だけ。
母　無理なんだよ。私、先にすませちゃったから。
息子　……いつ。
母　三十分前。
息子　ずるいなあ、一人だけ。ずるいよ。
母　……しょうがないよ。
息子　……しょうがないね。

溶暗。

家庭訪問

長いコードに繋いである裸電球をスタンド代わりに、パソコンのキーを打っている、少女。

ノックの音。

先生の声　こんにちは。ハルヤマです。……入っていい?

少女　どうぞ。

先生、入ってくる。

先生　宿題。

少女　違うよ。

先生　これ「屋根裏」。

少女　……そう。

先生　先生、社宅や団地しか住んだことないから、屋根裏って感じ、わからない。

少女　入ってみたかったの。
先生　うん。
少女　ひきこもりっ子の感じ方を体験してみましょうって？
先生　なに言ってるの。家庭訪問。ふつうの。
少女　むきになってる。
先生　まわりに音漏れないんでしょ。ゲーム思いきりできるね。
少女　ゲームしないから。
先生　ごめんなさい。
少女　……。
先生　今日こそは謝ろうと思ってきたの。……私が軽率でした。
少女　なんだそれ。
先生　「結婚式ごっこ」のこと。あれがあなたの人生のトラウマになってしまうかもしれないと思うと……。
少女　トラウマってどんな馬。虎と馬のあいのこ？　模様が虎縞？
先生　……。
少女　そんな話やめよう。気にしてないし、くだらないと思ってるだけ。
先生　そうよね。でもタケダ君やオガミ君、あれであなたがクラスの子と一体感持てる

ように って考えたんじゃないかな……。

少女　それは嘘。

先生　……じゃどうして学校来ないの。

少女　ひきこもりってコトバあるのわかるけど、私は違う。学校きらいなの。だから行かない。それだけ。

先生　大人は休めないのよ、そんなふうに。

少女　大人になったら許してもらえないことなら、今したっていいじゃない。このまま行かずじまいでも親と学校の協議で卒業の形とれるでしょ。義務教育だもん。

先生　なんで知ってんの。

少女　インターネット引けばなんでもわかる。内申上手に書いてくれたら受験もクリア。

先生　……部活は。天文部だっけ。

少女　部員三人しかいない。

先生　かわいそうじゃない。あとの二人。

少女　どうせ星見えないもん、東京。

先生　友達とおしゃべりしたくない？

少女　（パソコンを示し）いっぱいしてる。オトナ多いし、携帯で無駄話するより安上がり。私、基本的に一人でいるほうが楽なの。それだけ。

先生　……よそじゃ言えないけど、私もそう。
少女　なに。
先生　一人が好きなの。受験勉強でずっとこもってるときが一番幸せだった。
少女　一番。
先生　そう。
少女　成長しろよ、そこから。
先生　いいの。私もまだ思春期。
少女　よく言うよ。
先生　誰か言ってた。現代の若者は二十歳で思春期、三十歳で成人する。
少女　三十いってるじゃない。
先生　最近熟睡できないの。寝ててもさ、担架で救急車乗せられて、ずっと運ばれてる感じ。
少女　ほんとなの。先生よく保健室で寝てるって噂。
先生　ほんとよ。もう駄目なの私。自信ない。最低。
少女　そんなこと。
先生　そんなことあるの、ないの。
少女　……ないです。

先生　もっとはっきり言ってよ。そうじゃないって。
少女　……。
先生　私だっていじめられてるのよ。いじめは子供の世界だけだと思う？
少女　私別にいじめられてないもん。
先生　いじめられてるのよ！　ごまかさないで！　女の子にゴリラって渾名《あだな》つけるのがいじめじゃなくて何なの。
少女　……それゴリラかわいそう。
先生　先生の世界でもいじめが起きてるの。校長は私の提出書類、絶対やり直しさせるんだから。行事の進行表なんか秒単位で作れって言うのよ。そんなの意味ありませんって言ったら逆ギレされちゃってさ、教育委員会に私のこと、「人格に問題あり。教育力なし」って報告したんだって。何年も続いてるの。私に対するいじめ。もうからだぼろぼろ。朝目が覚めないし、声も出ないの。

先生が腕を捲《まく》ると、手首にリストカットの跡。

先生　見て。退職か自殺のどちらかしかないのよ。こんなに傷だらけになっちゃったら、夏も長袖しか着られないじゃない。もう何も信じられない。私も部屋でじっとしていたい。ひきこもらせてよ。

少女　先生のひきこもりなんて、ヘンだよ。

先生　ヘン。

少女　……ヘン。

先生　言いたいことわかる。私、なにやっても「わざとらしい」って言われる。自分でもそう思う。喋ってても無理してるのばればれ。子供にも見抜かれてる。だからよ。だから「結婚式ごっこ」参加しなかったら、私がいじめられたはず。

少女　もうやめよう。「結婚式ごっこ」されたからって、生きジゴクになっちゃったわけじゃないもの。

先生　結婚しなきゃいけないのは私なの。結婚して退職して終わりにしたい。

少女　すぐやめればいいじゃない。

先生　敗けたくないもの。

少女　勝ち負けなの。

先生　じゃああなたどうして勉強するの。人生に勝つためでしょ。

少女　……それじゃしようがないね。勝つ人がいるってことは、敗ける人がいる。

先生、横になって、泣く。

少女　いいもの見せてあげる。

裸電球にボウルを被せる。

部屋の中、暗くなる。

ボウルに開いた細かい穴から放たれた幾つかの光が、壁に当たる。

先生　……なに。

少女　（指し）そっちが天の川。……北斗七星。

先生　……プラネタリウム。

少女　夏の北半球。

先生　（発見して）カシオペア。

少女　さそり座はどこでしょう。

先生　……あそこ！

星空が、滲むように闇に消えてゆく……。

帰還者

宙空にぶら下がって、体を伸ばした状態で浮かぶ青年の姿。
スピーチする婦人がいる。

婦人　カスパー・ハウザーは一八二八年五月二十六日、ニュールンベルクで発見された。丸い粗末なフェルト帽をかぶった野性人。年の頃、十六か十七。生まれてこの方、地下牢に閉じこめられ、日光を知らず、水と粗悪なパンだけを与えられて育った。長期間座ったままの姿勢を強いられたため、骨まで変形してしまっていた。

青年　僕は保護されたとき、両足の筋力が低下していて、歩行も困難だった。

婦人　言葉を喋ることはできなかったが、白痴ではなく、無邪気な幼児に近いと診断された。

青年　入院生活は一年に及び、自宅に戻ったのは十五年ぶりだった。

婦人　不思議なことに、なぜか接触しただけで金属の違いを言い当てられるような、特殊な能力を身につけていた。

青年　その後、体力も回復して、好きな音楽を聴き、近所を一人で散歩することもできるようになった。

婦人　やがて教育を受け、言葉や常識を身につけたが、宗教意識を持つことはできず、牧師や教会を嫌がった。

青年　成人式に出席して、運転免許も取った。

婦人　彼を指導した教授に「全能の神が存在するなら時間を引き戻してくれることができるのですか」と尋ねたこともある。

青年　今は後遺症から立ち直って、社会復帰に取り組んでいる。

婦人　一度何者かに襲われ顔を切られたことがある。

青年　監禁されていた間のことは、何も思い出せない。

婦人　そして一八三三年十二月十四日、彼はアンスバッハの小さな公園で、見ず知らずの男に刺され、死亡した。彼を監禁したのが何者だったのかは、ついに判明することはなかった。

青年　僅かに憶えていることといえば、テレビはつけっぱなしだったこと。誰かがボリュームを大きくしたのでよく聞き取れた番組が、刑事ものと時代劇と戦争映画だけだったこと。

婦人　……いま一番たのしいことは何ですか。

青年　こうして夜、ぶら下がって体を伸ばすのが、一番です。

婦人　どこにぶら下がっていますか。
青年　世界の天井裏。
婦人　ぶら下がって、何をしていますか。
青年　見張りです。
婦人　なにを見張っていますか。
青年　全世界です。
婦人　なにが聴こえますか。
青年　地球の回る音です。
婦人　……皆さん、この青年は、夜の宇宙に閉じこもっているのでしょうか。いいえ、違います。この青年は、天井の節穴から巷のプライバシーを覗き、皆さんの内緒話に聞き耳を立てる、屋根裏の怪人となったのです。

いつしか、巷の人々の雑音が響いている。
それは肉声ではなく、幾多の笛の音のようでもある。
時としてそれは言葉になる。
交互に現われる、人々の姿。

人々1　屋根裏に誰か隠れてるんです。三年ほど前からです。
人々2　押入れの天井板が外れて、上がれるようになってました。
人々3　勝手に屋根裏を改造して部屋をつくってるんです。
人々4　虫に食われたみたいに、覗き穴がいっぱい……。
人々5　じっと見つめてたんです。息を殺して。
人々1　私の生活は、全部筒抜けでした。
人々2　留守中勝手に降りてきて、冷蔵庫のものを食べてます。
人々3　おしっこ垂れ流してました。
人々4　買ったばかりの電化製品が中古品に取り換えられていて……。
人々5　なんでも偽物と入れ替えてしまうんです。
人々1　私が気づくかどうか試してるんです。
人々2　今着ている服も、そっくりに見える安物です。肌触りでわかります。
人々3　……飼い犬もうちの子も、別人にされていました。
人々4　本物は私だけ。
人々5　いずれ私を屋根裏に閉じこめて、すっかり入れ替わるつもりなんです。
人々1　……お隣は一家全員、もう奴らの仲間です。
人々2　出ていけ。

人々3　出ていけ。
人々4　屋根裏から出ていけ。
人々5　出ていけ。

　　青年、人々に引きずり降ろされる。

青年　我々は、屋根裏愛用者に対する理不尽な迫害に、断固として抵抗する。

　　青年、人々に抱えられ、連れ去られる。
　　兄、登場して、それを見送る。
　　ニュースキャスターが現われている。

キャスター　屋根裏規制法案が両院を通過して以来、屋根裏キットの普及を推進してきた「屋根裏友の会」は地下に潜り、発売禁止となった屋根裏の非合法の流通を続けています。当局の追及にも拘《かか》わらず、屋根裏キットは今も日本社会から消え去ることはありません。

屋根裏推進派、出てくる。

推進派1　屋根裏は文化です。とくにオリジナルの屋根裏は世界に通用する日本の発明です。

推進派2　せっかく買ったんだから使うの当然でしょ。

屋根裏推進派、戻ってきた人々に押し出される。

兄　問題は、誰が屋根裏を作っているかだと思います。

キャスター　象印、ヤンマー、台湾のコピー企業も製造をやめました。

人々1　問題はオリジナルです。

「もと屋根裏族」のゼッケンをつけた者が並ぶ。

もと屋根裏族1　私は屋根裏族でした。でも今は、毎日牛乳を飲んでいます。（腰に手を当て斜め上を見て瓶入りの牛乳を飲む）

もと屋根裏族2　屋根裏さえなければ私は自分がひきこもるなんて、思いつきもしなかったでしょう。

もと屋根裏族3　（裸体にゼッケンのみをつけている）ストリーキングで治しました。

キャスター　……皆さん。私は今、屋根裏排斥運動の会合に潜入しております。

変装した人々、顔を出す。

変装した人1　百歩譲って、屋根裏の所有には登録免許制が必要だと思います。

変装した人2　販売組織の一斉検挙と発売禁止を求めます。

変装した人3　子供たちを守れ。

変装した人4　屋根裏パーティーは頽廃《たいはい》の極み。

変装した人1　これは座敷牢の復活です。

変装した人2　お隣は、出来損ないの子供を隠してました。

変装した人3　屋根裏は心の闇を教える。

変装した人4　物の怪が憑《つ》いたのですから、祈禱を怠らないように。

変装した人1　目的はセックス。他に考えられますか。

変装した人2　あんな狭いところに入ったら、やりたくなることは一つ。

変装した人3　中で結婚式を挙げる連中までいたんです。

変装した人4　屋根裏大会ほど不道徳な集会を見たことがありません。一つの屋根裏に何人が入れるかのゲームで盛り上がるなど、醜悪の極みです。
キャスター　何人入れたんですか。

その瞬間、「屋根裏」にぎゅうぎゅう詰めとなっている人々。

ぎゅうぎゅう詰めの人1　ぴったり十三人でした。
ぎゅうぎゅう詰めの人2　彼らの申請を却下したギネスブックの見識に敬意を表します。
兄　私はこれを作った人間を捜しています。
人々　……。
兄　まだ見つかりませんか。屋根裏を製造した犯人は。

人々、「屋根裏」の奥に消える。
追う兄の前を、真ん中で割れる形になっていた扉が左右からスライドして閉じ、遮る。

兄　待て。

一瞬の間。

……エレベーターの扉が開く音。

今閉じたばかりの奥の壁が左右均等にスライドして開く。

奥には誰もいない闇。

兄、その闇に飛び込む。

扉、閉まる。

溶暗。

エレベーター

エレベーターの扉が開く音。
「屋根裏」の奥の壁が左右均等にスライドして開く。
兄が入ってくる。
手前に待機している、帽子の男。

帽子の男　……上に参ります。

チーン、と音がして、それから、上昇する音。
帽子の男、天井裏から座布団を出して勧める。

帽子の男　どうぞ。

兄、座布団に座る。

帽子の男　何階に御用でしょうか。
兄　これはエレベーター。
帽子の男　はい。
兄　どうしてこういう形なんだ。
帽子の男　ご質問の意味が、わかりかねますが……。
兄　はじめからこうなってるのか。
帽子の男　何か不都合でも。
兄　エレベーターは立って乗るものだ。
帽子の男　座ったほうが楽でしょう。（お茶を出し）お茶いかがですか。
兄　サービスいいんだな。
帽子の男　飛行機乗ったって機内食出るでしょう。何階まで行かれます。
兄　こんなふうに改造したのは誰だ。
帽子の男　知りません。
兄　作ったのは別なやつか。
帽子の男　僕はエレベーターボーイです。
兄　エレベーターガールじゃないんだな。
帽子の男　アイ・アム・ア・ボーイ。

兄　なぜガールじゃない。
帽子の男　昔から運転手は男の子と決まってます。
兄　エレベーターくらい残しといてやれ。
帽子の男　僕の仕事です。
兄　エレベーターはガールに決まってる。
帽子の男　お降りの階をお教えいただけますか。
兄　何階まであるんだ。
帽子の男　お降りにならないんですか。
兄　何階だ。
帽子の男　お望みの階にまいりますと言ってんだよこのうすらトンカチ。
兄　運転してるんだな。
帽子の男　どんどん上にまいります。
兄　とことん行ってみろ。
帽子の男　よろしいんですか。
兄　ああ。
帽子の男　……ご案内しましょう。

帽子の男がボタンを押すと、ウィーンと機械が唸りをあげる。
エレベーター、上に向かって急加速する。

帽子の男　（見上げている）スピードが出ますよ。
兄　やってくれ。
帽子の男　……いけいけいけ。とろとろ走ってんじゃねえ！
兄　とことんやってくれ。
帽子の男　何人たりとも俺の上を走らせねえ！
兄　どこまで上がる。
帽子の男　てっぺんに決まってらあ。
兄　てっぺん。
帽子の男　何度も言いました、上にまいりますって。
兄　一番高いところに行ってくれ。
帽子の男　かしこまりました。

急ブレーキと共にエレベーターの上昇音、止まる。
奥の壁が左右均等にスライドして開く。

奥に闇の空間が広がる。
水の滴る音。
風が吹いてくる。
遠くで、空気が鳴っている。

帽子の男　最上階でございます。
兄　……ここはなんだ。
帽子の男　最上階です。
兄　最上階には何がある。
帽子の男　最上階は屋根の真下。屋根の真下には何がありますか。
兄　屋根裏か。
帽子の男　はい。
兄　何もないみたいだが。
帽子の男　……。
兄　もういい。降りてくれ。
帽子の男　……。
兄　下がっていいんだ。

帽子の男　降りられません。
兄　降りられない。
帽子の男　ここは屋根裏です。
兄　なぜ降りられない？
帽子の男　上がったり下がったりしましたが、ここはもともと屋根裏でしたから。
兄　……。
帽子の男　出られるのでしたら、外へどうぞ。

兄、闇の奥に降りてみる。

兄　……真っ暗で何も見えない。
帽子の男　足下にお気をつけください。
兄　ヌルヌルしてるな。まるで洞窟だ。

兄、呼びかける。

兄　おおーい。

その声が反響する。
やがてそれも消え、鍾乳洞のように水滴がしたたる音のみが残る。
ライターを翳《かざ》してみる、兄。

兄　向こうには何がある。
帽子の男　さあ。

兄、闇の奥に足を踏み入れ、姿を消す。
やがて兄の声がする。

兄の声　……誰だ。……隠れるな。出てこい。

空間にライターを翳す兄、隠れたのとは別な方角から舞台前に出てくる。

兄　（見つめて）みんな絵だ……。壁画か。
帽子の男　人類が最初に落書きをしたのは、洞窟だと言われています。

兄　……。
帽子の男　有史以来、一度も太陽に触れたことのない洞窟です。
　ライターの炎が風に煽られ、影が揺れている。
兄　馬にマンモス、トナカイ、クマ……。生きているようだ。
帽子の男　古代の人間は、岩盤に描いた絵がゆらめく炎に照らし出されると、生き物のように見えると知っていました。
　兄、帽子の男を見ている。
帽子の男　人は刻みつけるんです。自分が生きていたしるしを。
兄　君は誰だ。
帽子の男　……。
兄　絵か。
帽子の男　壁に描いてあるのは、絵ばかりではありません。

兄、壁の一画に刻まれているものを見つける。

兄　（読む）自分の意志で一人でいることを選びとった一日は、流されて過ごす一年の長さに等しい。

帽子の男　……それは。

兄　弟だ。弟が高校の時、文集に書いた。

帽子の男　あなたも描いてみればいい。

兄　……。

帽子の男　失くしたものがあれば、壁に拡げて。

兄　……。

溶暗。

ダンボールハウス

ダンボールハウスの外観を夕陽が染めている。
「屋根裏」と同じサイズである。
というより、「屋根裏」の壁の一面がダンボールで埋めてある。
自転車用のクラクションがさがっている。
松葉杖の男、来る。

松葉杖の男　ごめんください。……ごめんください。

しばらく眺めているが、返事がない。
クラクションを鳴らしてみる。
ダンボールの壁が中から外れ、中の様子が見える。
……内部の空間を埋め尽くす、夥《おびただ》しい家財道具や台所用品、毛布など。
人間の生活に必要なものはだいたい揃っている。
ただしその全てが古びていて、侘《わび》しい。

もともとが「屋根裏」だということはわかるが、奥の一面もダンボールで埋められているので、本来の密閉性は損なわれている。

隙間を覆うブルーシートのかさかさいう音。

ゆらゆら風になびく、のれん。

ダンボールの壁を外したのは、タケさん。

ウメさんはカセットコンロでめざしを焼いている。

二人は超小型のこたつに向き合い、コップ酒を嘗《な》めている。

タケさん　……いらっしゃい。
ウメさん　なに。
松葉杖の男　注意するように言われたんです。町内会の総意で。
タケさん　へえ。
松葉杖の男　河原の美観を損ねるので、土手から立ち退いてくれって。
ウメさん　どういう基準で美観を決めるんだい。
松葉杖の男　知りません。町内会に逆らうとこの街に住めません。決定事項をお伝えするだけです。
タケさん　（ウメさんに）使いっ走りだよ。

松葉杖の男　町内会より怖いのは子供たちです。あいつらいつもむしゃくしゃしてるから、何されるかわかりません。（見て）今も様子見てますよ、こっちの。
タケさん　こないだ空き缶横取りされた。
ウメさん　一缶八円になるからね、リサイクル屋で。
松葉杖の男　俺なんか、松葉杖引っかけられて、折られたり……。
ウメさん　あんたたまに見かけるけど松葉杖取れないね。
松葉杖の男　……ええ。
ウメさん　なんで駄目なんだい。川沿いの土手、いっぱい出てるだろ、屋台。
松葉杖の男　屋台じゃないでしょう。
ウメさん　店ならいいって理屈なら、売ろうじゃないか。
松葉杖の男　何をです。
タケさん　お茶出そう。世界一小さい喫茶店。
ウメさん　（コップを勧めて）お酒にする？　居酒屋「一坪」。
松葉杖の男　（狭すぎて）お客の席がありません。
ウメさん　パチンコの景品引換所。
タケさん　花火大会の特等席。
ウメさん　切符売り場。

松葉杖の男　何の切符です。
ウメさん　冥土の切符ならお安くしとくよ。

奥の布団に埋もれて眠っていたマッちゃん、目を覚ます。

マッちゃん　（寝ぼけている）……お迎えか。
タケさん　人類最後の生き残りがもう一人。
松葉杖の男　人類はもう終わりなんですか。
マッちゃん　終わり終わり。
ウメさん　滅亡するんだよ、世界は。
松葉杖の男　全然気づかなかった。
ウメさん　見てみな。
松葉杖の男　なんです。
ウメさん　ここから見えるんだ。富士山のそばの雲。
松葉杖の男　富士山が見えません。
タケさん　天気のいい日は見える。
ウメさん　……雲が金色に光ってる。

マッちゃん　金色だ。
松葉杖の男　そうかな。
ウメさん　必ずああいうふうに光るんだ。災いの前日の夕方。
松葉杖の男　災い。
ウメさん　（頷き）遠くは日航機事故。阪神大震災。オウムがサリンばらまいた日。アメリカの同時多発テロ……。
松葉杖の男　アメリカのことまでわかるんですか。
ウメさん　私しゃこの川縁《かわべり》に十年住んでる。わかるんだよ、いつも。前の晩にはね。
松葉杖の男　みんなに教えてあげてください。
ウメさん　それはできない。避けられない運命なんだ。
松葉杖の男　どうするんです。
タケさん　備えあれば憂いなし。

タケさん、天井の小さい扉を開け、布袋を降ろしてみせる。

ウメさん　危機管理は万全。
タケさん　非常用セットを確保。

ウメさん　（壁を叩き）要塞も手に入れた。
松葉杖の男　要塞。
ウメさん　（ラジオを見せ）ここに入っていれば、いかなる国民的危機にも対応できる。
タケさん　地震カミナリ火事オヤジ。
ウメさん　核戦争が起きても大丈夫。爆発の衝撃に耐えるし、放射能も寄せ付けない。
松葉杖の男　ほんとですか。
ウメさん　最新式シェルターだ。
松葉杖の男　そんなふうに作ってありません。
マッちゃん　俺は別に死んでもいいけどね。
ウメさん　守ってくれるんだ、仁王様が。
松葉杖の男　仁王様。
ウメさん　（壁の絵を見て）ここに描いてある守護神だ。
松葉杖の男　（覗いて）仁王様に見えますか。
タケさん　釣り竿持ってんだから、釣りバカだよ。
　　マッちゃん、松葉杖の男を見て、急に泣き出す。

マッちゃん　……こないだ二十年ぶりに息子が会いに来た。あんたくらいの歳だ。あいつ睨むんだよ、俺のこと。
タケさん　労《いたわ》ってやんな、年寄りは。
マッちゃん　出ていけ。
松葉杖の男　……とにかく、伝えましたからね。
タケさん　明日、気をつけな。
ウメさん　またおいで。

松葉杖の男、去る。

タケさん　……この小屋に移ってから、冷たいね、人の目。
ウメさん　俺たちが住むのが気に入らないんだ。
タケさん　捨ててあったもの、なぜいけない。

「屋根裏」全体が、急激に揺れる。

タケさん　地震だ。

ウメさん　大丈夫。耐震性も完璧。
マッちゃん　……ガキどもだ。
タケさん　上に乗ったな。
ウメさん　ちょっとやそっとの重量じゃ平気さ。
タケさん　象が踏んでも壊れない。

全体が、ふわっと浮かんだ感じになり、やがて下に叩きつけられた。

ウメさん　川に落とされた。
タケさん　……浮かんでる。
ウメさん　慌てるな。ちゃんと浮力も計算されてる。
マッちゃん　（沈んでいることに気づく）わあ。
タケさん　沈む。
ウメさん　最新式じゃないのか……。

隙間から水が噴き出し、彼らに向かって襲いかかる。
沈没。

ごぼごぼと、泡の音。
水の中をゆらゆらと揺れる三人……。
溶暗。

戦場

幾つもの爆撃音、破砕音が地上を這うような、戦場の轟き……。
次第に静まり……、静寂。
硝煙か、土埃か、隙間から忍び込んで漂う、微かな白煙。
ネット付きヘルメットに、迷彩の戦闘服姿の男、二人。
武装・戦闘仕様が施されたような、「屋根裏」の内部。
奥の壁は、でこぼこした鉄板のつぎはぎになっている。
戦闘服1、トランシーバと応答している。

戦闘服1　……はい。いったん攻撃は止まりました。移動中でしたので、最寄りの防空小屋に入りました。日本からODAで寄付された、ボックス型簡易住居です。……はい。現在地が確認でき次第、また連絡します。（トランシーバを切る）
戦闘服2　……おさまったようですね。外に出ますか。
戦闘服1　ガイドとはぐれた。俺たちだけで地雷を避けて歩くのは、不可能だ。
戦闘服2　……。

戦闘服1　……コイズミ首相、来てたんだって。
戦闘服2　へえ。
戦闘服1　国際舞台の仲裁役で名誉挽回という思惑だったのに、こっちの政府は会談をキャンセル、独立軍のリーダーにも会ってもらえなかった。
戦闘服2　けんもほろろ。
戦闘服1　経済援助の御礼広告に、一番金だした日本の名前が抜け落ちてた。
戦闘服2　ひどい。
戦闘服1　泣きながら帰ったって、コイズミ。
戦闘服2　この国の人たち、日本の総理大臣、ムネオだと思ってますからね。

遥か遠くに、爆撃音。

戦闘服1　……これはふつうの屋根裏キットか。
戦闘服2　危険地区用に強化してあるんじゃないですか。
戦闘服1　（上方の壁を見て）さっきの爆撃で穴が開いてる。
戦闘服2　独立軍は我々がNGOの地雷撤去部隊だと理解してるでしょうか。
戦闘服1　こんなかっこうしてるけど、武器はない。

戦闘服2　僕たちボランティアですって、大きく書いておきましょうか。
戦闘服1　日本語でか。
戦闘服2　……ああ、そうか。
戦闘服1　白旗だ。
戦闘服2　降伏するっていうと、敵だったことになりますよ。
戦闘服1　赤十字のマークを描く。
戦闘服2　怪我人が運ばれてきたらどうするんです。
戦闘服1　……見栄張って出て来るんじゃなかった。ベースキャンプに残ってれば、今頃自衛隊の女性隊員と合流できたのに。

戦闘服2、上方の壁の穴から外を見ていたが、

戦闘服2　……何か光ってると思ったら、星です。
戦闘服1　(交替してその穴を覗き) なんの星だ。
戦闘服2　わかりません。緯度経度違いますから、日本と。
戦闘服1　……いい星だ。すごい近くに見える。
戦闘服2　……なんか、映画みたいですね。

戦闘服1　映画。
戦闘服2　戦車の砲台にいるみたいで。
戦闘服1　刑事ものと時代劇と戦争映画、どれが一番好きだ。
戦闘服2　今は戦争映画、勘弁です。とくに潜水艦もの、嫌ですね。狭いところ閉じこめられるの。
戦闘服1　『人間魚雷回天』。
戦闘服2　特攻はもっといやです。
　戦闘服1、着信音を立てたトランシーバに出る。
戦闘服1　……はい。はい。マジ？（戦闘服2にも教えてやる）たいへんだ。
戦闘服2　どうしたんです。
戦闘服1　コイズミが切れた。……日本は鎖国した。
戦闘服2　鎖国。
戦闘服1　……国際社会との接触を完全に断つそうだ。
戦闘服2　江戸時代に戻るのか。
戦闘服1　俺たちの国がひきこもった。

戦闘服2　在日米軍はどうなるんです。
戦闘服1　……（聞いている）在日米軍は沖縄に集め、県に自治権を与え、手を引く。
戦闘服2　日本最南端は薩摩藩ですか。

周囲の轟音と振動……。
「屋根裏」じたいが傾いたらしく、二人は片側に寄せられる。

戦闘服2　……日本に帰れるかな。
戦闘服1　この箱の中でじっと息を潜めてれば、どこにいようと同じだ。
戦闘服2　……どれが好きなんです。
戦闘服1　なに。
戦闘服2　刑事ものと時代劇と戦争映画。
戦闘服1　……どれでもない。俺は転向する。
戦闘服2　なんです。
戦闘服1　今日から俺はSF派だ。
戦闘服2　SFですか。
戦闘服1　（穴を覗き）あの星に住む宇宙人が、向こうからも覗いてて、我々の声をキャッチして、助けに来てくれるんだ。
戦闘服2　……はい。
戦闘服1　これは屋根裏じゃない。今我々は宇宙ステーションから作業用小型艇に乗り換え、宇宙船を支配しようとするエイリアンの手から逃れ、最寄りの星に不時着する。そこがゴリラの惑星とも知らずにだ。
戦闘服2　そうなんですか。
戦闘服1　……続きを観たかったら、目を瞑《つむ》るな。
爆撃音と共に周囲に火花が散る。
そして、奥の壁が吹き飛んだ……。

工場

暗闇の中に散り続ける火花は、鉄骨に当てられたグラインダーから発されている。
爆音や破壊音と思われたのは、叩き、組み立て、製造する音。
そこは小さな町工場の内部。
「屋根裏」の製作現場。
立った人間が作業しやすい高さの台に置かれた「屋根裏」。
奥と手前の壁の取り付けを残し、仕上げ作業が行われている。
グラインダーを使っていたのは、松葉杖の男。
「屋根裏」の中に横たわる、帽子の男。
竿の先端につけた筆で、「屋根裏」の壁面の一角に、何かを刻み込もうとしている。
片隅に立っている、兄。
松葉杖の男、作業の手を休め、

松葉杖の男　なぜわかった。
兄　……。
松葉杖の男　ここで「屋根裏」を作ってると突き止めた人間は、あんたが初めてだ。
兄　そうか。
松葉杖の男　どこかにたれ込むか。……金がほしいか。
兄　どうしてほしい。
松葉杖の男　……。
兄　作っている人間を見つけてどうしたいのか、自分でもわからなかった。……今気づいた。俺はただ、知りたかっただけだ。
松葉杖の男　見たとおりだ。
兄　相棒と二人きりか。
松葉杖の男　ああ。
兄　（帽子の男に）それは、絵か。
帽子の男　……。
松葉杖の男　申し訳ないが、喋ることも起きあがることもできない。
兄　……。
松葉杖の男　仕上げに絵を描くのが彼の仕事だ。電源を入れたり、スイッチを回したりもしてくれる。

帽子の男、別な長い竿で、布巾を取ったり、作業場のものに器用にさわったりもしている。

兄　……兄弟か。
松葉杖の男　事故に遭った。もう十年になる。
兄　……お兄さんと一緒に。
松葉杖の男　こいつは弟だ。
兄　……。
松葉杖の男　俺たちは自転車が好きだった。昔からよく一緒に組み立てた。たぶん俺たちは、自転車の二人乗りが世界一うまかった。
兄　……。
松葉杖の男　自分の初恋は忘れたのに、こいつのは覚えてる。
兄　……屋根裏ハンターというのは。
松葉杖の男　そんな名前で呼ばれてるらしいな。
兄　彼の自画像か。

松葉杖の男　もともとこれは、彼の居場所だ。横たわった状態にぴったりの寸法に作った。
兄　……自分は使わないのか。
松葉杖の男　納得のゆく絵が描けないらしい。
兄　……いつまで作り続ける。
松葉杖の男　彼が入るのが、最後の一台だ。
兄　……。
松葉杖の男　子供の頃、いつかタイムマシンを作るつもりだった。どこにでも行けて、誰にでも会える。だがタイムマシンは危険だ。戻れなくなるときがある。……助けを呼ぶ方法が一つだけある。
兄　どうする。
松葉杖の男　この絵を拡大して描く。
兄　どうなる。
松葉杖の男　弟が助けに行く。
兄　……。
松葉杖の男　昔決めたルールだ。

帽子の男、長い竿で、工場の壁にあるブザーを押す。

松葉杖の男　完成だ。……これはラストワンか。

帽子の男　……。

帽子の男、長い竿で、工場の壁にある別なブザーを押す。

松葉杖の男　(音を聞いて)まだパーフェクトじゃない。

兄　……これを貰おう。

松葉杖の男　……わかった。

兄　入ってみてもいいか。

松葉杖の男　どうぞ。

兄、「屋根裏」の中に入る。

帽子の男の側に座る。

……兄、マジックで壁に「屋根裏ハンター」の絵を拡大して描く。

周囲は次第に、深い闇の空間に包まれる……。

記憶

蜘蛛の糸のように細く垂直な残像を残しながら、したたる水滴……。
空洞を吹き抜けるような音。
深い闇の中にかろうじて浮かび上がる、二つの人影。
一人は、兄。
もう一人は、帽子の男。
登山装備の若者のようにもみえる。
闇の奥から微かに声が届く。

帽子の男　……迷ったみたいだね。
兄　ああ。
帽子の男　どうする。
兄　こういうとき、慌ててはいけない。落ち着いて三百六十度を見渡せば、必ず手がかりが見つかる。
帽子の男　さすがだね。

兄　いや。そろそろ引退だ。
帽子の男　どうして。
兄　もうこんな長い休みは取れない。学生じゃないんだから。
帽子の男　……きっと見つかるよ、帰り道は。
兄　おまえは迷わないのか。
帽子の男　……迷ったとき、僕は耳を澄ませる。
兄　何が聴こえる？
帽子の男　……風の音。台所で沸かしてるお湯の音。遠いのか近いのかわからない、電車やバスの音。踏切の音。古い換気扇……。それから、兄さんが地球儀を回す音。兄さんと一緒に、屋根裏に隠れて聴いた音だ。
兄　……ああ。
帽子の男　憶えてる。
兄　憶えてるさ。
帽子の男　ほんとう。
兄　これから迷ったときは、必ずそこに戻ろう。
帽子の男　……まだ気づかないの。ここがそうだよ。
兄　おまえはどこにいる。

帽子の男　初めから、同じところだ。
兄　……。
帽子の男　地上で一番好きな場所。世界のてっぺん。冒険のための秘密基地。必ずもう
　一度会おうと、約束した場所だ。
兄　……辿り着いたんだな。
帽子の男　……そうだよ。

次第に闇は深くなり……、空気の鳴る音だけが残る。

みみず

登場人物

ジュンイチ
キミコ（ジュンイチのガールフレンド）
チエ（ジュンイチの姉）
フミエ（ジュンイチの母）
タカシ（ジュンイチの父）
カワダ（チエの友人）
カズミ（ジュンイチが同棲していた女）
テツオ（チエの恋人）

1

暗闇を誘うかのように、鳥の囀《さえず》りが聴こえてくる……。

小鳥の雛が呼び、親鳥が答えるような、のどかな響き……。

あるいは、恋の相手を求めあうような、甘美な切実さ……。

それは幾つもの鳥のものだが、決して重なって聴こえてくるのではなく、一つの音が様々な種類の鳥の声に「変化」しているのだ。

やがて闇の中に聴こえてくる、もう一種類の音……。

それは人間の男女の交接によるものである。

行為の濃密さを思わせる、女の悩ましい喘ぎ……。

時たま、男の抑えた息の、くぐもった響き……。

鳥の囀りは、男女の音が入り込んでから初めて、複数のものが重なるようになってくる。

男女の昂まり、さらに激しく、荒々しく、頂点に近づいていく……。

囀る鳥たちの数、よりいっそう増している……。

大きな、羽ばたきの音……。

男女が昇りつめると同時に、彼らを包囲したかのような鳥たちの声々が、金属音のように遠くこだまして……。

＊＊＊

マンションの一室。

十一階建ての七階である。

正面に、ダンボール箱やプラスチックの衣装ケース、机、椅子、空っぽの棚などが、部分的に堆《うずたか》く、雑然と運びこまれている部屋。

つまり、もともと大した家具もなかったところに、引越しのためにまとめられたものが置かれている様子である。

室内の壁際には備え付けらしい箪笥や半分ほどしか埋まっていない本棚など

もあるが、あまり日常的に使われている様子ではない。
この部屋には押し入れもある。
上手に、別な部屋に繋がるドア。
下手側に、台所と繋がった居間が、部分的に見える。
テーブルと、大きめの冷蔵庫がある。
その奥は和室になっている様子。
さらに下手、手前側の隠れたところに玄関があるらしい。
どの部屋も、奥にはガラス戸越しにベランダが見える。
ベランダにはクーラーの室外機や鉢植えなど細々としたものが置かれている様子。
洗濯物が干されているのも見える。
その向こうの空は、夕方の色……。
ダンボール箱や引越し関係の物が積まれた向こうに、人の気配がある……。
床に重なった男女の裸身が垣間見えている。
ジュンイチとキミコ。
ジュンイチ、ゆっくりと身を離す。

キミコ　……どうしてお臍《へそ》に出しちゃうの。
ジュンイチ　……。
キミコ　溢れちゃってる。
ジュンイチ　動いたら零《こぼ》れる。
キミコ　もう……。
ジュンイチ　いっぱい出たんだなあ……。
キミコ　感心してどうする。
ジュンイチ　仕方ないだろ、そういう場所にあるんだから、臍の穴が。
キミコ　そういう場所。
ジュンイチ　ちょうど命中するところ。
キミコ　狙ったんじゃないの。
ジュンイチ　狙ってないよ。ぎりぎりで抜いたら、目の前にあるわけだろ。
キミコ　もう……。

ジュンイチ、ティッシュペーパーを箱から抜いて、キミコの腹部を拭く。

ジュンイチ　目の前とはいわないか……。
キミコ　あ、そっち、垂れる。
ジュンイチ　……前から聞こうと思ってたんだけど。
キミコ　……なに。
ジュンイチ　臍のゴマって、とったことある？
キミコ　……え。
ジュンイチ　何か、かたいものが……。
キミコ　……さわんないで。
ジュンイチ　……。
キミコ　あるのがふつうじゃないの、ゴマ……。
ジュンイチ　かなり大きいんだ。
キミコ　……。
ジュンイチ　ゴマっていうのは、粒だろ。
キミコ　……。
ジュンイチ　ヒマワリの種……、いや、大豆よりでかい。アーモンドの半分。
キミコ　……。
ジュンイチ　言われたことない？

キミコ　ない。
ジュンイチ　誰も気づかなかったのかな。気がついても、言わなかったか……。
キミコ　（あるのが）ふつうだからじゃない。
ジュンイチ　ヘンだよ。臍の中にこんな堅くて大きいものがあるなんて。
キミコ　……あるのは知ってるよ。
ジュンイチ　……。
キミコ　さわらないようにしてるの。
ジュンイチ　洗わないの。
キミコ　……洗わない。
ジュンイチ　お風呂入っても。
キミコ　流すだけ。
ジュンイチ　……。
キミコ　小学校の頃、お風呂はいるたびに綺麗綺麗にしてたら赤くなって、ジクジクしてきちゃって。……お祖母《ばあ》ちゃんに言われたの。お臍のゴマをとっちゃいけません。雷様が来ますよって。
ジュンイチ　じゃあ十数年のあいだ、一度も……。
キミコ　いけない？

ジュンイチ　……まあ確かに、あんまり奥はいじらないほうがいいかもな。内臓に繋がってるんだから、いちおう。
キミコ　そう思うんだったらヘンなもの入れないでください。
ジュンイチ　……あれかな。
キミコ　なに。
ジュンイチ　……お臍の中に残ったのが溜って、やがて石になったのかな。タンパク質の結晶みたいな……。
キミコ　お臍に出すの前提にしないでよ。
ジュンイチ　……だから、わざとじゃないって。

下着を着けたジュンイチ、ガラス戸を細く開ける。
いつしか日が暮れて、空は闇に近い。
冷気が入り込んで、キミコ、身震いする。

キミコ　空気入れ替えてるわけ？
ジュンイチ　……いやいや。
キミコ　なにか飼ってるの。

ジュンイチ　え。
キミコ　文鳥とか。
ジュンイチ　いいや。
キミコ　さっき聴こえなかった？　鳥の声。
ジュンイチ　……早く服着ろよ。
キミコ　自分から押し倒したくせに。
ジュンイチ　……押し倒したくなるようなことするから。
キミコ　みんな帰り遅いからだいじょうぶって言ったじゃない。
ジュンイチ　眠っちゃうとは思わないだろ。
キミコ　……目が覚めたらもう一回したくせに。
ジュンイチ　……。
キミコ　どう。自分ちでセックスする気分。
ジュンイチ　自分ちって感じじゃないな、八年もいなかったんだから。
キミコ　高校時代のこと、思い出した。
ジュンイチ　高校のときはしてないもん。
キミコ　へー。
ジュンイチ　家族と一緒に住んでる家で、そういうことしないよ、ふつう。

キミコ　したことないの。
ジュンイチ　ないよ。
キミコ　今日が初めて。
ジュンイチ　ああ。
キミコ　きゃー……。
ジュンイチ　……。
キミコ　昼間ならできたんじゃない。その頃、共働きだったんでしょ、ご両親。
ジュンイチ　あんまり学校サボったりしなかったの、俺の頃は。
キミコ　……家族がいても、部屋に入っちゃえば平気って人、いるじゃない。
ジュンイチ　どんな顔して出てけばいいんだよ、部屋から。
キミコ　お宅の息子さんといたしました。避妊はしてますからだいじょうぶです。
ジュンイチ　……すごく嬉しそうに見えるんだけど。
キミコ　私の部屋じゃないところでしてみたかったの。
ジュンイチ　……アパート来ても、しなかったくせに。
キミコ　したよ。一回だけ。
ジュンイチ　……ああ。
キミコ　あなただけの部屋じゃないでしょ、あそこは。

ジュンイチ　……ここならいいのか。
キミコ　いつから自分の部屋、あったの。
ジュンイチ　越してきて三年目かな、自分一人の部屋になったのは。中学にあがったとき。……ここに来て二年は、まだ二段ベッドだったから。姉貴があっち（上手のドアを示す）に部屋もらうまでは、ここが子供部屋だったの。
キミコ　子供部屋。
ジュンイチ　えー。
キミコ　三十近くになっても、子供部屋っていうんだ。
ジュンイチ　三十になったよ、姉貴は。
キミコ　……あなたがいない間はどうしてたの、ここ。
ジュンイチ　書斎かな。
キミコ　そんなに本ないじゃない。
ジュンイチ　親父は本を処分するのが好きなんだ。
キミコ　へー。
ジュンイチ　『青春の門』て知ってる？
キミコ　なに。
ジュンイチ　やたらにもてて、どこに行っても昔の知り合いに会ってしまう苦学生の話。

キミコ　読んだことない。
ジュンイチ　『青春の門』の主人公は素寒貧になると本を全部売って、ミカン箱ひとつでいろんな下宿を転々とするの。そういうのがいいんだって。
キミコ　（堆《うずたか》い引越し荷物を見て）いいんじゃない。そういうほうが。
ジュンイチ　全部持ってくつもりないよ。
キミコ　……盛岡って何があるの。
ジュンイチ　宮沢賢治。石川啄木。わんこそば。
キミコ　平気なの。
ジュンイチ　……なに。
キミコ　二年も私のこと、放っとくんでしょう。
ジュンイチ　……。
キミコ　転勤決まらなくても、放っといたかもしれないけど。
ジュンイチ　……。
キミコ　一緒に住んでたひとのこと、決着つける気なかったじゃない。
ジュンイチ　……どういうこと。
キミコ　転勤する前に、いったん実家に帰ってきたのは、いいと思う。東京にいる間に、ちゃんと白紙に戻すわけでしょ、あのひとのこと。

ジュンイチ　……。
キミコ　そういうことじゃないの。
ジュンイチ　契約が切れただけだよ、アパートの。
キミコ　ぎりぎりまでいたっていいわけじゃない。後三ヵ月でしょ。ちゃんと話せば大家さんも延長してくれるだろうに。
ジュンイチ　どうかな。
キミコ　よく納得したね。
ジュンイチ　……転勤だから。
キミコ　転勤だからだけ。
ジュンイチ　一緒に住んでたっていうけど、向こうも自分のアパート持ってたんだし。世田谷に。
キミコ　今度は世田谷に通うの。
ジュンイチ　……。
キミコ　すぐに答える。
ジュンイチ　通わない。
キミコ　冷たいのね。
ジュンイチ　……。

キミコ　（話題を変え）会社行くの不便じゃない、ここから。乗り換え増えるでしょ。
ジュンイチ　……ああ。
キミコ　なんか特徴ないから道おぼえられないんだよね、この辺。同じような建物並んでて。
ジュンイチ　駅から街道沿いに来れば迷わない。
キミコ　環状道路のとこ曲がって、ずっと行けば、私のところ。
ジュンイチ　……。
キミコ　反対行くと、世田谷。
ジュンイチ　……。
キミコ　もしも二十四時間以内に巨大な隕石が地球に衝突するってわかって――
ジュンイチ　えー。
キミコ　そういう小説あるんだって。
ジュンイチ　……あぁ。
キミコ　……映画にもなるらしいよ。
ジュンイチ　……。
キミコ　先に小さい隕石がパラパラ降りはじめて、都市機能が破壊されて、電話も電車もクルマも使えなくなって。……誰かに会いに行こうと思ったら、隕石を避けながらすごい混雑の中を歩いて行くしかないとしたら。

ジュンイチ　……。

キミコ　……地球最期の日、誰に会いに行く。

ジュンイチ　……。

キミコ　私の部屋も、世田谷も、ここからだいたい同じ距離でしょう。

ジュンイチ　……ああ。

キミコ　今までみたいに、あなたが自分ちに帰るだけなんだから、そこに誰がいたってしようがないって……、そういうふうには思わないよ、私。

ジュンイチ　……。

キミコ　待っていいの、私。

ジュンイチ　……。

キミコ　どうする。逃げられないのよ。月くらいの大きさの隕石なのよ。

ジュンイチ　自分の隕石の心配をしろよ……。（臍に触れる）

キミコ　（小さく）あ……。

ジュンイチ　……とってやろうか。

キミコ　いや。

ジュンイチ　……だって、ふつうじゃないよ。

キミコ　死んじゃったらどうするの。
ジュンイチ　臍のゴマとったくらいで。
キミコ　性格変わっちゃうかも。
ジュンイチ　そのほうがいいかも。
キミコ　変えるんだったら、責任取って。

ジュンイチ、キミコに接吻する。
そのまま跪《ひざまず》いて腹部にも唇を寄せる。
チャイムが鳴る。

ジュンイチ　……おふくろかな。
キミコ　……やばー。
ジュンイチ　……とにかく服着て。
キミコ　別にいいじゃない、紹介してくれたって……。

ジュンイチ、玄関の方へ。
キミコ、自分の衣服とバッグを摑んでベランダへ出て、陰に隠れる。

……上手のドアが開く。
姉のチエ、出てくる。
ジュンイチ、戻ってくる。
キミコを探すが、見つからない。
チエに気づく。

ジュンイチ　……いたの。
チエ　いたわよ。
ジュンイチ　……。
チエ　帰ってきたとき、誰もいなかったから。
ジュンイチ　いつ。
チエ　三時頃。
ジュンイチ　……声くらい掛けてよ。
チエ　寝てたのよ。気分悪くて。
ジュンイチ　……映画ハシゴするんじゃなかった？
チエ　一本でやめたの。……途中で気がついたわけ。どうせ暇なんだからわざわざ混んでる日曜に行くことないって。

ジュンイチ　すいてる映画にすればいいのに。
チエ　やだよ、そんな。
ジュンイチ　……。
チエ　誰。
ジュンイチ　……。
チエ　今、チャイム鳴らなかった。
ジュンイチ　……あぁ。誰もいなかった。
チエ　……。
ジュンイチ　……俺もうたた寝してて、すぐに出られなかったから。
　ジュンイチ、布団に手を掛けようとする。
　と、携帯電話が鳴ったので、布団をそのままにして、出る。
ジュンイチ　はい……。（キミコからだ）おい……。そりゃ寒いだろ。だから……、我慢して。
チエ　……。
ジュンイチ　わかってるって。

チエ　しぜんに復活するのよね、そういう悪戯《いたずら》。
ジュンイチ　（チエに）え……。
チエ　チャイム鳴らして逃げたり、エレベーターの扉が閉まらないように板切れ嚙まし
たり、郵便受けの中身、盗んだり。
ジュンイチ　……。
チエ　マンションの子はするでしょ、そういうの。
ジュンイチ　……ああ。

ベランダから、キミコの悲鳴……。
ジュンイチ、困惑が顔に出る。
そのジュンイチの方を見ないで、笑いだす、チエ。
ジュンイチ、ベランダの方へ……。

ジュンイチ　……なんだよ。

ベランダのキミコ、何かを指差している。

キミコ　……。

ジュンイチ　とにかく入れよ。

後ずさって屋内に入ってくる、キミコ。

ジュンイチ、自分もベランダに出て、その「物」を屋内の明かりで見えるところまで動かしてくる。

その「物」は、バケツが何層か重なったような形をしている。

いわば、脚のついた、ベランダ用のコンポスト。

最上段にある蓋状の物は、キミコが動かしたらしく、少しずれている。

キミコ、チエと目が合う。

ぺこりとお辞儀した。

チエ　いらっしゃい……。

キミコ　……。

ちょうどそのタイミングで、軽い震えがキミコを襲った。

ジュンイチ、コンポストの蓋を手に取り、中を覗いた……。

ジュンイチ　……なんで。
チエ　……なんでって。
ジュンイチ　……ミミズなの。これ。
チエ　なんだと思ったの。
キミコ　さわる気なかったんです。当たった拍子に、掛けてあった毛布が落ちて、それで……。
ジュンイチ　毛布。（見つける）
チエ　防寒対策だから。霜がついちゃいけないんだって。
ジュンイチ　ベランダにこんなもの置くなんて。
チエ　置くって言い方ないでしょ。生き物が育ってるわけだから、一応。
キミコ　……飼ってるんですか。
チエ　飼ってることになるのかな……。
ジュンイチ　ミミズを。
チエ　私じゃないわよ。お母さんだから、始めたのは。
ジュンイチ　飼ってどうするの。
チエ　食べてくれるのよ、生ゴミを。リサイクル・グッズとして売ってるわけ。

ジュンイチ　そんなの、ひとことも言ってなかっただろ。
チエ　昨日はお父さんいたでしょ。
ジュンイチ　え。
チエ　怒ってるのよ、お父さん。……きらいみたい。
ジュンイチ　うん。
チエ　あんまり嫌がるから、お父さんの前じゃ一切、ミミズの話しないの。
ジュンイチ　……そう。
チエ　……（キミコに）何か飲む、温かいの。
キミコ　いえ、もう失礼します……。
ジュンイチ　……ミサキキミコさん。
チエ　ミサキ。
キミコ　ミサキキミコです。
チエ　ミサキキミコ。
キミコ　言いにくいでしょう。だから短縮してミサキミコ、ミコって呼ばれてます。
チエ　誰に。
キミコ　いえ……、みんなに。
チエ　あんたも。

ジュンイチ　……俺は。（否定）
キミコ　……帰ります。
ジュンイチ　……うん。

キミコ、ベランダの方に後ずさって、ジュンイチに自分の服の背中のジッパーを上げるよう促す。

キミコ　お願い。……後ろ。
ジュンイチ　……おい。
キミコ　……だって。

ジュンイチ、キミコの後ろにまわる。

キミコ　（窓外を見て）あれ……。
ジュンイチ　……なに。
キミコ　誰か、手、振ってる。
ジュンイチ　……え。

キミコ　……手じゃない。大根だ。
チエ　(見もしないで) お母さんじゃない。
ジュンイチ　(見て) うん。
キミコ　やだ……。

キミコ、窓が見えない位置に逃げる。
ジュンイチ、キミコを追って、背中のジッパーを上げる。

ジュンイチ　なんで大根。
チエ　だって、手伝いに行ったでしょ、タチバナさんとこの家庭菜園。
ジュンイチ　あぁ。
チエ　……送ってあげたら。
キミコ　いえ、いいです……。
ジュンイチ　駅まで戻る道、わかんないだろ……。
キミコ　タクシーで帰る。
ジュンイチ　でも……。
キミコ　渋滞する?

ジュンイチ　だいじょうぶと思うけど、四千円は掛かるぞ。
キミコ　乗り継ぎ面倒だし。

キミコ、あたふたと玄関に向かう。

ジュンイチ　下まで（送ろう）……。
キミコ　お母さんに会っちゃうかもしれないでしょ。
ジュンイチ　……。
キミコ　お邪魔しました……。
チエ　またおいで。
キミコ　ハイ……。

キミコとジュンイチ、玄関の方にいったん消える。
チエ、ベランダの、件《くだん》のコンポストに寄る。

ジュンイチ　……誰って聞かないの。
チエ　聞いてほしいの。

ジュンイチ　……いいや。
チエ　（キミコが）二十三歳。
ジュンイチ　……。（図星である）
チエ　あっちはどうしたの。
ジュンイチ　……あっちって。
チエ　一緒に住んでた方。
ジュンイチ　（歌の節のように）どうしたのって言われても……。
チエ　私と同い歳なんだよね、確か。
ジュンイチ　あっちが半年上。
チエ　今の子より。
ジュンイチ　姉さんより。
チエ　へえ。
ジュンイチ　なんだよ、へえって。
チエ　「へえ」は「へえ」よ。
ジュンイチ　……へえ。

フミエ、来る。

野菜の入った籠を持っている。
振り向いて驚くジュンイチ。

ジュンイチ　……もう。
フミエ　なに。
ジュンイチ　チャイムも鳴らさないで。
フミエ　手、振ったでしょ。
チエ　大根じゃないの。
ジュンイチ　玄関あける音しなかったよ。
フミエ　しないタイプのドアに変えたの。お父さん、朝寝したいときでもドアの音で目が覚めちゃうっていうから。
ジュンイチ　したほうがいいんじゃないか、音は。
フミエ　そう？
ジュンイチ　防犯上。
フミエ　画期的な発明だと思うけど。……なんか特許取ってるらしいよ。
チエ　ガチャンて音は少しするの。開け閉めのキィーっていうのがないわけ。
ジュンイチ　……。

フミエ　御飯は。
チエ　まだ。
フミエ　準備は。
チエ　ぜんぜん。
フミエ　誰だろう。……いま、エレベーターで擦れ違ったひと。
チエ　私の友達。
フミエ　名前は。
チエ　ミコ。
フミエ　ミコ。
チエ　ミコよ。
フミエ　へえ。
チエ　へえって、なに。
フミエ　へへへえ……。

フミエ、和室に去る。

フミエの声　……お化粧くらいしなさいよ。外、出たんでしょう。

ジュンイチ　……確かにそういうところ、あった。

チエ　なあに。

ジュンイチ　新しい物好きだよ、母さんの。

和室から、フミエの声がする。

フミエの声　寒いわね。どっか開いてるんじゃない？……階下《した》の植え込みとか、塀の裏なんか、まだ雪が残ってるのよ。

ジュンイチ　……はいはい。

ジュンイチ、ガラス戸を閉め、カーテンを引く。

フミエの声　洗濯物干しっ放しだったの、お客さんなのに。

チエ　はいはい。

フミエの声　まさかお布団も、ずっと敷きっ放し。

ジュンイチ　……。

フミエの声　昼寝してたの。

ジュンイチ　……うん。（布団を畳む）
フミエの声　あんまりはかどってないのね。転勤前にいったんうちに戻るって決めて、
　引越すまではあっという間だったのに。
ジュンイチ　……。
フミエの声　三ヵ月分だけなんだから、そんなに出すものないでしょう。
ジュンイチ　めんどくさいんだ。冬物夏物、分けないで詰めちゃってるから。
フミエの声　えー。
ジュンイチ　わざわざ箪笥に入れなくても、その都度、箱から出すよ。
フミエの声　ずぼらですよ、そんな。
ジュンイチ　箱見ればわかるから、だいたい……。

部屋着に着替えたフミエ、出てくる。
この間に、チエ、ベランダに出て、洗濯物を取り込み始める。

フミエ　いっぺん出さないとわからないでしょう、盛岡に持ってかなくていいものとか。
ジュンイチ　そんなことしてると、荷造りしたときより時間かかっちゃうよ。
フミエ　全部持ってくつもり。

ジュンイチ　……全部ってわけじゃないけど。
フミエ　二年だけなんでしょ、盛岡は。ほんとに必要なものだけ持ってけばいいのよ。
ジュンイチ　……うん。
フミエ　必要じゃなかったわけ、お嫁さんは。
ジュンイチ　……単刀直入に来ましたね。
フミエ　そういう気、ないの。
ジュンイチ　どうかな……。
フミエ　ちゃんと話しなさいよ。
ジュンイチ　話すって、別に……。
フミエ　あんたが入院しなきゃ知らなかったんだから、私たち。そういうひとがいるって。……毎日お見舞いに来てくださってるのに、あんた隠すんだから。かわいそうだったわよ。
ジュンイチ　……。
フミエ　あの時二十八って聞いたから、もう三十一でしょ。この先二年放っといたら、幾つに……。
ジュンイチ　しようがないよ、向こうも仕事があるんだから。
フミエ　仕事ったって。

ジュンイチ　……姉さんが先だろ。
フミエ　え。
ジュンイチ　だから。
フミエ　結婚。
ジュンイチ　そう言ってた。
フミエ　ほんと。
ジュンイチ　母さんが。
フミエ　ああ。
ジュンイチ　結婚準備のためじゃなかったの。家に帰ってるのは。
フミエ　それは前の人のときでしょう。
ジュンイチ　え。イノウエさんじゃないんだ。
フミエ　違う人。
ジュンイチ　……新たに進行中か。
フミエ　……でも、なんだかうまくいってないらしいの。最近会ってないみたい。電話
かかってきても、居留守使えって言うし……。
ジュンイチ　どんなひと。
フミエ　まだ会ったことない。

ジュンイチ　そうなの。
フミエ　……遅く帰ったり、たまに外泊するんだけど。
ジュンイチ　うん。
フミエ　どういうつもりかわからないの。就職活動中っていって、単発の仕事だけでぶらぶらしてるし……、失業保険とっくに切れてるんだから。
ジュンイチ　親父は。
フミエ　なんにも。
ジュンイチ　結局何年家にいなかったんだっけ、姉貴は。
フミエ　四年。
ジュンイチ　住み心地よすぎるんじゃない、うちが。
フミエ　そうかしら。
ジュンイチ　三食昼寝、ミミズ付き。
フミエ　……見た？
ジュンイチ　見たけど。
フミエ　驚いたでしょ。
ジュンイチ　驚いた。
フミエ　どこかで聞いたのよね、ミミズを使った生ゴミ処理装置があるって。

ジュンイチ　どこでよ。
フミエ　自然食品の店かなー。
ジュンイチ　あぁ。
フミエ　だけどどこで扱ってるか知ってるひと、いなくってさ。ずいぶん探したのよ。デパートにも、園芸店にも、東急ハンズにもなくて。微生物で堆肥をつくるっていうコンポストはあったんだけど、ミミズのはね（見つからなかった）。
ジュンイチ　ミミズにこだわったわけ。
フミエ　最初に買った量が多かったのかな、すぐに増え過ぎちゃって。だから今日もタチバナさんとこの畑にあげに行ったわけ。
ジュンイチ　ミミズを。
フミエ　喜ばれたわよ。
ジュンイチ　そうなの。
フミエ　ミミズは土を耕してくれるし、良質の堆肥をつくるんだから。
ジュンイチ　ふーん。
フミエ　……よく農家の人が言うわけ、いい土とか、悪い土とか。じつはいい土っていうのは、ほとんどミミズの糞でできてるの。ミミズは体内で無機物を有機物に変えるわけだから。

ジュンイチ　……。

ジュンイチの携帯電話が鳴る。
フミエ、台所へ。
チエは洗濯物を和室のほうに取り込んだらしいが、その後は姿が見えない。

ジュンイチ　（出て）……はい。……あぁ。（声を潜め）ヘンに思われたよ、そりゃ。

フミエ、戻ってくる。

ジュンイチ　……また掛け直すから（電話を切る）。
フミエ　鉄筋の部屋でも掛かるのね、携帯。
ジュンイチ　ここはだいじょうぶ。
フミエ　高いんでしょう。
ジュンイチ　……割安なんだ。携帯から携帯に掛けるんだったら。
フミエ　へえ。
ジュンイチ　母さんには向かない。

フミエ　どうして？

玄関に人の気配。

タカシの声。

タカシの声　……帰ったぞ。

フミエ　お帰りなさい……。

タカシの声　ジュンイチ、お土産があるぞ。

ジュンイチ　え……。

タカシの声　昔はお土産があると聞いたらだーっと玄関まで駆けてきたのにな。

ジュンイチ、玄関へ。

タカシ、洗面所に入った様子。

フミエ　早かったじゃない……。

タカシの声　……早くないよ。

フミエ　ゴルフの時は遅いでしょう、今日も二次会あるって。

タカシの声　中止だから。
フミエ　えー。
タカシの声　雨だよ、雨。
フミエ　降ってないでしょう。
タカシの声　神奈川は雨なんだよ。
フミエ　そうなの……。
タカシの声　雨と雷。

ジュンイチ、包装紙が巻かれ、ビニールで包まれた物を持ってくる。中身はズボンプレッサーである。

フミエ　それ、お土産なの。
ジュンイチ　……さあ。

フミエ、洗面所の方へ行ったが……、

フミエの声　どうしたのー。

タカシの声　いいから。

　タカシ、来る。

　額と、鼻筋、唇の脇……、顔の幾つかの部分が腫れており、自分で濡れ手拭いを当てている。

　追ってくる、フミエ。

ジュンイチ　……。
タカシ　なに見てんだ。
ジュンイチ　……。
タカシ　笑うなって。
ジュンイチ　喧嘩。
タカシ　喧嘩といえば喧嘩だ。
フミエ　どういうゴルフだったの。
タカシ　関係ないんだよゴルフとは。
フミエ　だってどうするんです、これからの取引とか……。
タカシ　帰り道の話だ。

フミエ　……。
タカシ　絡まれたんだ。
フミエ　飲んでたの。
タカシ　飲んだよ。酒は飲んだ。クラブハウスで雨宿りしながらジョッキ三杯。だけど、
　飲んだけど、酔っ払ってない。
フミエ　酔っ払いはみんなそう言うのよ。
ジュンイチ　腫れてるだけ？
タカシ　ああ。
ジュンイチ　ほんと。
タカシ　喧嘩は勝ったんだ。
ジュンイチ　……そう。
タカシ　そうは見えないか……。
フミエ　痛い？
タカシ　食らったのは三発。……腹と脚も蹴られた。
フミエ　行かなくていいの、病院。
タカシ　病院は行った。……警察も。
フミエ　……そう。

タカシ　通り掛かったタクシーが無線で呼んでくれた。
フミエ　どこだったの。
タカシ　環状道路の、外車売り場の前だ。
フミエ　……あそこ。
ジュンイチ　誰なの、相手は。
タカシ　俺がそいつを押さえ込んでいるところにパトカーが来たから、こっちが被害者だと言っても聞いてもらえなくてさ。
ジュンイチ　……向こうもダメージあるの。
タカシ　レントゲン受けてたから、骨にきてるかもな。
フミエ　あなた。
タカシ　いやいや、俺は自分から手は出してない。だから最初は食らっちまって、正当防衛と思われる段階で反撃した。
ジュンイチ　そうなの。
タカシ　……大学八年生の頃かな、非暴力の思想っていうのが流行《はや》った。
ジュンイチ　非暴力。
タカシ　ベトナム反戦のムーブメントだ。アメリカの受け売りだけどな。
フミエ　カリフォルニアのコミューンで始まったの。

ジュンイチ　ああ。
タカシ　もうチエがお腹にいたな、あの時は。
フミエ　……ええ。
タカシ　出会いはベトナムだから、俺と母さんは。
ジュンイチ　……あぁ。
タカシ　基本的には非暴力を貫いたからな、俺は。
フミエ　……はい。
タカシ　弁償はさせる。眼鏡をやられた。
フミエ　……出しましょうか。買い換える前のやつ。
タカシ　……遠近両用は、度が合わなくなったのしかないだろう。

フミエ、取りに行く。

タカシ　こっちは被害者なのに、救急病院で一万円取られた。
ジュンイチ　そうなの。
タカシ　キマリですからって……。そんなキマリあるわけないよな。
ジュンイチ　なんでそんなことになったの。

タカシ　ギャーギャー喚きながら追っかけてきたんだ、そいつが。
ジュンイチ　えぇ？
タカシ　当たったの当たらなかったのって。
ジュンイチ　どんなやつ。
タカシ　お前より若い。
フミエ　（戻ってきて）通りすがりなんですか。
タカシ　あの場所はあれだろう。街道沿いなのに、高架下の脇道でクルマはあんまり通らない。ただでさえ暗いし、空地みたいになってるだろ、オレンジ色の看板の、外車販売店のところ。（渡された眼鏡を掛ける）
フミエ　はい。
タカシ　どうやらそいつはね、待ち構えてたんだよ、むしゃくしゃして。……誰かに因縁つけようとして、行ったり来たりしてたんだ。
フミエ　あら……。
タカシ　体格のいい奴だった。二十二、三かな。「おれは強いぞ」と言って、胸倉を掴んできた。……ああ。俺はなんだか弱いやつに見えたんだなあ。
ジュンイチ　明るいところだったら親父を選ばないよ。
タカシ　……刃物を持ってるかどうかをまず見た。まわりに人はいない。テキは逃げても追ってくるつもりだ。
フミエ　ええ。
タカシ　なんとか打開策を見出そうとはしたんだ。誰か通らないかな、とか、説得できないかな、とか。
フミエ　それでいいんですよ。
タカシ　……だけど、正面に回り込んできたら、いきなり（殴られた）。
ジュンイチ　ああ。
タカシ　腹を蹴られたのが効いたんだが、俺もやつを捕まえて、締めた。
フミエ　……柔道で。
タカシ　俺もまだ力はある。若いときよりは力の使い方を知ってる。長く生きてるんだからな、当たり前だ。……だから、そんなに強くやったつもりはないんだが、そいつの頭を路面にゴンゴン当ててはいた。
フミエ　……。
タカシ　あんなに血が出てるとは思わなかった。
ジュンイチ　……正当防衛だよ、一応。
タカシ　一緒に病院に運ばれるクルマの中で、そいつがぶつぶつ言い始めて。……インターハイ選手だったというんだ。

ジュンイチ　えぇ？
タカシ　ボクシングの。
フミエ　そうなの……。
タカシ　それから警察で、「これはただの喧嘩です」って言うんだ、お巡りに。
ジュンイチ　自分が絡んだんじゃなくて。
タカシ　汚い奴なんだ。……それで、君にもスポーツマンシップがあるなら、正直に本当のことを言いなさいと怒鳴った。
フミエ　……。
タカシ　そしたら、謝りはじめた。
フミエ　……。
タカシ　警察の連中は俺が悪いと決めて掛かってくるんだ、最初は。ひとを見掛けで判断しちゃいかんよ。

フミエとジュンイチには、タカシがこのことを楽しんでいるように見えた。

ジュンイチ　……運がよかっただけだよ、そんなおぼちょいやつで。
タカシ　……。

ジュンイチ　気をつけたほうがいいよ。絡まれやすい性質《たち》の人っているんだよ。
タカシ　……なんだ。
ジュンイチ　……増えてるんだから、そういうの。「オヤジ狩り」っていうんでしょ。
タカシ　オヤジもナメられたもんだ。
フミエ　信じられないわ、ただ闇雲に、通りすがりの人に絡んでくるなんて。
タカシ　……。
フミエ　どうしてそんなことになったの。……何かあるんじゃない、理由が。
タカシ　それはさ……。ほら、昨日息子が戻ってきたばかりだし、まあ、急いで帰ろうと思って、自転車を飛ばしてたんだ。ゴルフは中断したんだが、お流れで、だけど賞品を持ち帰るのは主催者としてはゲンが悪いってことになって、みんなで分けた。ズボンプレッサーが当たった。当たったというか、まあ、自分で選んで引き取ったわけだが。
フミエ　ズボンプレッサーを。
タカシ　（ジュンイチに）持ってないだろ。
ジュンイチ　……そうだけど。
タカシ　な。
ジュンイチ　……うちにだってないでしょ。

タカシ　……。
ジュンイチ　父さんが使えばいいじゃない。
タカシ　俺はほら、母さんにアイロン掛けてもらえるし。おまえは営業マンなんだから、もうちょっと本格的に身嗜《みだしな》みを考えてもいいだろう。
ジュンイチ　……。
タカシ　盛岡行っちまったら、今までみたいに、うちに帰ってくれば何とかなるってわけにはいかないんだから。
フミエ　ろくに寄りつきゃしないじゃないですか、同じ東京に住んでても。
ジュンイチ　……ちょっと待ってよ、このズボンプレッサーがどうしたの。
タカシ　どうって。
ジュンイチ　通りすがりに当たったわけ、そのインターハイに。
タカシ　自転車乗ったまま担いでりゃ、そりゃ、当たる。
ジュンイチ　……。
フミエ　ひょっとして……、わざと。
タカシ　いや……。
フミエ　わざと当てたの。
タカシ　わざとじゃないよ。

フミエ　……。
タカシ　わざとじゃない。（わざとかもしれないとしか聞こえない）
フミエ　……どうして。
タカシ　ただ、向こうが歩道のど真ん中に仁王立ちしてるのに、こっちがへいこらして端っこを通る必要はないと思っただけだ。
ジュンイチ　当たってもいいと思ったんだ。
タカシ　当たったっていいんだ、ああいう連中は。
ジュンイチ　ああいう。
タカシ　あの辺は出るだろう。ほら、抱きつきスリとか、しょっちゅう……。
ジュンイチ　……。
タカシ　チエが痴漢に遭ったこともあるだろ。
フミエ　危ない人が出ると思ってるんなら、避ければいいじゃないですか。だいたいあの道じゃなくていいでしょう、商店街のアーケード通ったら、明るいし、人もいるし。
タカシ　近道だから。
フミエ　チエはあれから、絶対にあの道を通らないわ。
タカシ　……あいつはあの頃、ボーイフレンドのところにいりびたってただろう。生活が乱れて隙があるから痴漢なんかに遭うんだ。
フミエ　そんなこと関係ありませんよ。
タカシ　……。
ジュンイチ　……痴漢の恨みをズボンプレッサーで晴らしたわけ。
タカシ　……そういうわけじゃない。
フミエ　そんなこと、チエには言わないでください。
タカシ　……言わないよ。
フミエ　……。
タカシ　水。
フミエ　……買い置きありません。
タカシ　水道の水でいい。
フミエ　……何が入ってるかわかりませんよ。

フミエ、台所へ去る。

タカシ　日本も変わったな。水と安全は金で買うしかないっていう……。
ジュンイチ　金じゃ買えないよ、たぶん。

タカシ　……そうか。
ジュンイチ　金を持ってるやつが狙われたりするんだから。
タカシ　……ちくしょー、腹が減った。
フミエの声　……みんなまだですよ、晩御飯。
ジュンイチ　口の中、痛いんじゃない。
タカシ　平気だよ。

フミエ、水の入ったコップを手に出てくる。
タカシ、水を受け取って飲み干す。

フミエ　今からご飯炊くと早炊きでも三十分はかかるから……。
タカシ　……風呂、風呂。
フミエ　ああ、先に……。
タカシ　シャワーでいい。どうせ熱いのは駄目だ。
フミエ　おうどんにしましょうかね……。
ジュンイチ　蕎麦がいいよ。
フミエ　ああ……。

タカシ　そうか。一応引越しだからな。

　　タカシ、風呂へ去る。
　　ジュンイチ、ズボンプレッサーを小突く。
　　と……、鳥の囀りの音。
　　ベランダから聴こえる。
　　ジュンイチ、カーテンを開け、ベランダのガラス戸を開ける。
　　……チエがベランダにいる。
　　チエ、ペンダント状に首からさげた、木製のバードコールを回して、鳥の声
　　に似た音を奏でている。

ジュンイチ　（バードコールに気づいて）それ……。
チエ　……。
ジュンイチ　（先刻聴こえたことに思い当たって）本物の鳥じゃないんだ……。
チエ　知らないの、バードコール。
ジュンイチ　……。
チエ　もらったの、カワダさんの結婚パーティーのお祝い返し。バードウォッチングの

人なんかが、鳥寄せに使うわけ。
ジュンイチ　鳥を呼んでどうするの、こんなとこに……。
チエ　教えてあげてるわけ。餌があるよって……。
ジュンイチ　……餌って。
チエ　ミミズよ。
ジュンイチ　……。
チエ　増え過ぎちゃったからって、人にあげたりしないで、このベランダで全部決着がついたほうがすっきりしていいでしょう。
ジュンイチ　決着。
チエ　食物連鎖というか、生物循環系というか……。

……ミミズのコンポストの蓋は開いている。
チエ、バードコールを鳴らし続ける。

ジュンイチ　……来るの、鳥が。
チエ　まだ。
ジュンイチ　……夜には来ないよ。

チエ　いるんじゃないの、夜の鳥って。
ジュンイチ　……ほんとはずっと起きてたんじゃない、今日帰ってから。
チエ　出て行く機会を逸したわよ。
ジュンイチ　……。
チエ　あんたが彼女迎えにいってるあいだに帰ってきちゃったんでしょ。……入ってくるなり、始めちゃうんじゃない、あんたたち。
ジュンイチ　……あぁ。
チエ　……声大きいね、あの子。
ジュンイチ　え。
チエ　……うん。
ジュンイチ　……。
チエ　……あんなに大きい声、出す人いるのね。
ジュンイチ　……演技してるってこと。
チエ　ただ大きいって言ってるの……。
ジュンイチ　……そう。
チエ　そうよ……。

暗転。

バードコールの音だけが残る。

バードコールの数が増えたのか、本物が呼ばれてきたのか、鳥の声、幾つか重なっていって……。

2

一つのバードコールの音だけが残って、溶明。
午後。
ジュンイチの引越し荷物は一応、端に寄せられている。
机の周辺だけは使えるようなセッティングの状態になっている。
部屋の真ん中にちゃぶ台が置かれている。

おそるおそるのようにバードコールを鳴らしている、カズミ。
コーヒーを運んでくる、フミエ。

フミエ　ほんとの鳥みたいでしょう……。
カズミ　……ええ。
フミエ　公園なんか行くと、ちゃんと鳥が寄ってくるんですよ。だけど、声はすれども姿は見えずでしょ。きょとんとして、またどこか行っちゃうんです。
カズミ　……なんの鳥ですか、これ。
フミエ　ちょっと貸して……。
カズミ　……。
フミエ　いろんな鳥になるんですよ。ウグイスにも、メジロにも、ブッポーソーにも……。

フミエ、バードコールでいろいろな音を出してみせる。

カズミ　……あぁ。
フミエ　だけど、ここ七階でしょう。小鳥が上がってくるには、ちょっと高すぎるわ。
カズミ　……。
フミエ　……お上手ね、お化粧。
カズミ　……。
フミエ　うっすらと、してるかしてないんだかわからないくらいがいいんですよ、若いうちは。
カズミ　……はい。

フミエ　ほとんどしないんです、うちのチエは。わからないくらいだったらしないほうがいいんだって。

カズミ　……。

フミエ　……すぐに戻ると思うんですけど、ジュンイチ。

カズミ　いえ、お構いなく……。いなくてもいいと思って来ましたから。

フミエ　そんな遠くには行ってないはずなんです。……ふつうの文房具屋に置いてないんですかねえ、ファックス用紙。……そうだ、掛けましょうか、携帯電話。

カズミ　掛からないんです。何度かやってみたんですけど。

フミエ　……どこにいるんでしょう。

カズミ　……ちょっと寄っただけですから、届け物に。

フミエ　忘れ物ですか。

カズミ　……ええ。

フミエ　急でしたからね、引越し。

カズミ　……。

フミエ　あの子、ああいうことはすぐ決めるんです。うちを出たときもそうだったんですよ。一人で暮らしたいと言いだして、次の週には出て行っちゃったんだから。こっそり貯めてたんです、資金も。まだ学生だったのに。

カズミ　……でも、今度決めたのは自分じゃないですから。

フミエ　……（今度の）転勤て、左遷じゃないですよね。

カズミ　今の会社、三年めでしょう。そういう時期みたいです。

フミエ　ちゃんと働いてんですかねえ。

カズミ　有能だから行かされるんです。

フミエ　そうですかあ。

カズミ　ああいう会社は新店舗の設置推進に一番力入れますから。

フミエ　出遅れてるんじゃないですか。そりゃこっちほど競争激しくないかもしれませんけど、盛岡にだってコンビニエンスストア、いくらでもあるでしょう。

カズミ　ドラッグストアと合体した店はまだ少ないですから。

フミエ　ああ……。

カズミ　一店あたり一万から一万五千の商圏人口を見込んでますから、今はとにかく増やせばいいんです。

フミエ　でもだいたい、もと酒屋とか雑貨屋でしょ、そういう店のオーナーになろうっていうのは。……あ、クスリ屋ね、ジュンイチの場合は。

カズミ　……そうとも限りませんけど。

フミエ　高い保証金を取るんでしょう。そういう相手から。

カズミ　確かに国内で出店するについては、会社側が圧倒的に強いんです。だけど、だからこそ安心するんです、オーナーになる人は。この会社なら任せてだいじょうぶって。外国ではこうはいかないんです、そういう……、フランチャイズのシステムに寄り掛かるっていうか、親方日の丸みたいな。
フミエ　そういうもんですか。
カズミ　業種は違いますけど、私のところなんかも外資系ですから、ドライになるしかないんです、店舗に対しては。アメリカ式と日本式の違いを利用するくらいじゃないと。だけどドライにやるっていうのは、するべきことをするっていうことで、つめたいわけじゃないんです。相手が投資のつもりで半端に手を出して失敗しても、本人が悪いわけですから。リスクについては説明してあるし、ちゃんと警告もしますから。
フミエ　でも、あらかじめ計算してあるんでしょ、そういう可能性も。
カズミ　まあ、同じエリアだったら、土地を持ってる相手を狙うとか、そういうことはありますけど。転んでも土地は残るし、強いオーナーに育てば、自分で出店を増やしてくれるでしょう。
フミエ　人の褌《ふんどし》で相撲を取るというか……、ネズミ講みたいな。
カズミ　……持ちつ持たれつです。

フミエ　よく、ネズミ算式に増えるっていうでしょう。ミミズもね、すごい勢いで増えるんです。……ミミズが増えるのもネズミ算式なのかしら。ミミズ算とは言わないものね。……いるんですよ、ベランダに。

カズミ　聞いてます。

フミエ　……これこれ。（示す）

カズミ　どれくらいいるんですか。

フミエ　数えてるわけじゃありませんけど、三千から始めたんです。説明書には、二万匹までだいじょうぶって書いてありました。

カズミ　そんなにいっぱい入ってるんですか。

フミエ　本体はオーストラリア製なの。一万七千円。だけど後は費用も一切かからないし……見てみます？　ちょうど餌をやる時間なんですよ。

フミエ、台所の方へ……。

カズミ、ミミズの容器を見つめている。

フミエの声　あなた、もう少しお話なさったら。

タカシの声　……キリが悪いんだ、いま。

フミエ、新聞の折り込み広告に包んだ生ゴミ類を持ってくる。

フミエ　ごめんなさいね、父親のほうもあなたとお話したいって言ってたんですけど、急ぎの書き物があるって。まあ御陰で、率直なお話ができるわね。隠してたわけじゃないんですけど、あなたがジュンイチと一緒に住んでたこと、知らないんです、あの人。

カズミ　あぁ……。

フミエ　文句は言わないと思うんですけどね。学生結婚でしょ、私たち。恋愛に自由って観念を持ち込んだのは、いえ、実践したのは、私たちの世代ですから。恋愛を楽しむなんて贅沢だと思ってる、そういう常識を壊したわけですから。

カズミ　……。

フミエ　（容器の中を見せて）コーヒーの出し殻。フィルターごとでいいんです。紙も食べますから。新聞に牛乳パック、水を含ませたダンボールとか。シマミミズなんか紙だけでも育つんですって。

カズミ　はい。

フミエ　新鮮な物は消化に時間が掛かるから、ほんとは腐りかけがいいんです。掃除機のゴミなんかもね、湿らせると食べますよ。よく髪の毛なんか混ざってるでしょう。なんだか、ミミズに食べられてる気分……。
カズミ　土葬の時代には食べられていたんでしょうね。
フミエ　……ええ。
カズミ　土に還るっていうのは、そういうことなんですね。
フミエ　ダーウィンているでしょう、……進化論の。
カズミ　はい。
フミエ　あの人は晩年ミミズにとりつかれて、ミミズのことばかり書いてるんです。……地球上のあらゆる土は、幾度となくミミズの身体を通り、あるいはミミズによって攪拌された記憶を有しているって。鋤とか鍬もね、人類が発明した物の中で価値のある物なんだけど、しかし実を言えば、人類が出現するはるか以前から、大地はミミズによってきちんと耕され続けてきたわけ。だから、この下等な生き物ほど、世界の歴史上、重要な役割を果たしてきた動物が他に多くいるかどうか疑問であるって……。
カズミ　でも、ミミズのからだを通らない土もあるんでしょうね……。
フミエ　……。
カズミ　私の部屋……、あ……、世田谷の、もともと住んでるほうなんですけど。ちょっとした庭があって……。グラジオラスにチューリップ、何を植えても枯れるんです。日が当たらないということもあるんですが、向かいにメッキ工場の跡地があって……、小さな町工場だったらしいんですけど。そこの排水が染み出してるんじゃないかって。近所の人が言うんです。そういう土でもミミズは食べてくれるんでしょうか。

フミエ　食べますよ。食べれば、土は蘇るんです。

カズミ　……ほんとうに。

フミエ　持って帰ってみます？

カズミ　死んだような土ですよ。

フミエ　かたい？

カズミ　ええ。

フミエ　ミミズがいないからですよ。ミミズは土をほぐして、水捌けをよくして、土の機能をフルに引き出すの。……光合成っていうのは、植物だけがえらいんじゃないんですよ。植物ははじめから、ミミズや微生物の力をあてにしてるんです。

カズミ　……。

フミエ　ちょうどいいわ……、クッキーの缶が空いたの。

フミエ、台所へ行く。
カズミ、ジュンイチの衣装ケースや棚に軽く触れ、最後に椅子に腰掛け、机を撫ぜる。
フミエ、クッキーの缶を持って台所の方からベランダに出てくる。

フミエ　……よく太ってるのを選びますからね。

フミエ、コンポスト容器の中のミミズを取り分ける。

フミエ　においなんかしないんですよ。少しにおうのは、ミミズじゃないんです。ゴミじたいのにおいですから……。ミミズはにおいを消すんです。だからペットのトイレや養豚場なんかでも使われるんですよ。
カズミ　ちゃんと育てられるかどうか……。
フミエ　脚を付けずに、庭にコンポストを置いておくだけでじゅうぶん。……コンポストっていうのは、底無しバケツみたいなもので、ほんとはなんでもいいんです。場所は取らないんですよ。ミミズは折り重なっても生きるもんですから。……ほら、これ、ミミズの糞ですよ。さらさらしてるでしょう。

フミエ、クッキーの缶の中に少し入れた土状のものを揺すってみせる。
チエ、上手のドアを少し開けた隙間に立っている。

カズミ　……。
フミエ　私がこんなこと訊くの、ほんとは主義に反するんですけど……。でも聞かせて。ジュンイチは、何か約束をしたのかしら、あなたに……。
カズミ　……。
フミエ　あなたと一緒に暮らしてるのはわかってたのに、ほっといてくれたほうがいいんだって言われて、それを鵜呑みにして、そのままにしてきたわけですから。
カズミ　……いいえ。約束はありません。
フミエ　御免なさい……。
カズミ　いえ……。
フミエ　いったん家に帰るっていうのは、けじめをつけるというか、ひょっとして、そういう意味かなって、最初はそう思ったんですよ。そのけじめが、どっちの方を向いているか、わからなかったんです。……なんでも隠すでしょう、あの子。あなたのことだって、ほら……、ジュンイチが入院した時に初めてわかったわけでしょう。

カズミ、チエに気づいて会釈する。

フミエ　二十代半ばでお多福風邪にかかったわけですから、命に関わる場合もあるって言われて……。心強かったわ、あなたがいてくれて。四十二度近く熱が出て……、腫れ上がったわけでしょう、睾丸が。ソフトボールみたいに。

カズミ　……ええ。

フミエ　あのときは心配しましたよ。だって、あれでしょう。男の人にとっては、だいじなことですから……。

カズミ　……ええ。

チエ　はっきり言えばいいじゃない。子種《こだね》がなくなったかもしれませんからって……。

フミエ　……。

カズミ　……いいえ。

フミエ　……。

カズミ　なくなってません。

フミエ　……。

フミエ、カズミの言葉の意味するところを考える。

カズミ　庭のグラジオラスやチューリップが育たないのは、たぶん、土のせいじゃないんです。私が水をやり忘れるからです。いいえ、忘れるんじゃなくて、滅多に帰らないからなんですけど……。でもこれからはだいじょうぶです。ずっといるんですから、自分の部屋に。

フミエ　……ちょっと探してくるわ。あんまり遅いから。（チエに）お相手してて。

フミエ、出ていく。

チエ　ソフトボールはオーバーよ。せいぜいタマゴくらいよね、膨らんだところで……。

カズミ　……すみません。そんなに長居する気、なかったんですけど。

チエ　病院のときはあんまり思わなかったけど、やっぱりそういう感じする……。

カズミ　はい……？

チエ　……あなた、いじめられっ子だったんでしょう。

カズミ　……ジュンイチさんがそう言ったんですか。

チエ　私はいじめる方だった。どっちかいうと。

カズミ　どっちかいうとですよ、私も。
チエ　いじめっ子って少なかったでしょ、私たちの頃は。いじめられたと思う子がいて初めて、いじめっ子は認定される。要するにね、いじめられたと思いやすい子がいじめられっ子になるの。そういう子は、たいてい自意識過剰だから、またみんないじめたくなる。一種の循環構造。
カズミ　……被害妄想だっていうんですか。
チエ　だって……、そういうふうに思ってるんでしょう。転勤のこと、ジュンイチがわざと仕組んだって。
カズミ　わざとじゃないと思いますけど……。
チエ　……わざとよ。
カズミ　……。
チエ　……あなた、万引き癖あるでしょう。
カズミ　え……。
チエ　そういうひといるのよね。小物をすいっとポケットに入れたり、行きつけの店からタバスコ盗《と》って帰ったり、せこいのばっかり。
カズミ　なんです……？
チエ　信じられないのよね、ああいうの。万引き主婦が捕まって、すみません、つい苛苛してやっちゃうんです、生理のときには……、みたいな。
カズミ　……私がですか。
チエ　男の人はね、あなたみたいに弱みをはっきり見せる人が好きなの。……ううん。好きなんじゃなくて、ほっとするんだと思うわ。
カズミ　それ、私じゃありません。
チエ　あなたの話をしてるのよ。
カズミ　……。
チエ　あなたにもう少し勇気があったら、死んでも放したくないって思ったら、出て行かせるはずないもの。でも無理。あなたはね、相手に決めさせようとしたのよ。……自分で決めたら。人間には、自分で決める権利があるのよ、主張する権利が。相手に決めさせるというのは、相手を脅迫しているのよ。ふつう、脅迫されたら逃げるわ。逃げられるならそうする。あたりまえでしょ。
カズミ　……なにか勘違いなさってるんじゃありません？
チエ　……。
カズミ　私じゃないと言ってるんです。
チエ　……。
カズミ　ジュンイチさんがそう言ったんですか。私がそうだって。

チエ　あなただけじゃない。ジュンイチがつきあうのは、そういう子ばっかりだった。
カズミ　類推したわけですね、私のことを。
チエ　……。
カズミ　あぁ、そうですか。……なんだ。それならわかります。
チエ　……なにが。なにがわかるの。
カズミ　私は違いますよ。ええ。私も人間ですから、弱いところはあると思います。狡《ずる》いかもしれません。相手を脅迫するかも。だけど私、もしも相手を脅迫するなら、ちゃんと結果を取ります。だって、あなたの言ってるのは、相手を脅迫して同情をひこうとしている、そういうことでしょう。私が脅迫するなら、ほんとに脅迫します。イエスか、ノーか、はっきりさせます。ええ、もちろんイエスと言わせます。だってそうでしょう。脅迫っていうのは、相手に自分のいうことをきかせるためにやる、そうでしょう。だったら私、曖昧なことはしません。
チエ　……そう。
カズミ　それが私の駄目なところかもしれません。……そうなんです。私って、引くことができないんです。そう、私、いじめられっ子だったでしょう。だからあんまり他人《ひと》を攻撃したことがないんです。手加減の仕方というものを知らないんです。ですから、自分が本気になったらどんなことになるか……、それが怖いんです。……

そうなんです。あなたがいうように、自分の弱いところを上手に見せることができれば、もう少し楽につきあえるんでしょうね。

チエ　……。

カズミ　でも私、ちょっとわかってきました。私、脅迫するかもしれません。そうですね。それがいいかもしれません。

チエ　……。

カズミ　それから、私、思い出しました。……万引きのことです。つきあいだして最初の夏、ジュンイチさんと私、安曇野に行ったんです。レンタサイクルに乗って、温泉や葡萄畑なんかをまわって、ガラス工房にも行きました。そのときです。ガラス工房の下に、小さなコーヒーハウスがついていて、そこでお茶を飲みました。そのコーヒーハウスの灰皿がちっちゃくて、綺麗な青で、とてもよかったんです。売店にあった他の品物とは、ぜんぜん違って……。だからお店の人に、これと同じもの売ってますかって訊いたら、……いいえ、売ってません。よく訊かれるんです。売ってないって言ったら、盗んで帰る人もいるんですよって……。それで私たち、黙ってもらって帰ることにしたんです。だって、それ、盗むことを勧めてるみたいでしょう。だから、ええ、盗みました。……万引きっていうのは、そのことでしょう？

チエ　……。

ジュンイチ、来る。

ジュンイチ　（カズミに）……来るなら来るって言ってよ。
チエ　……どうして二《ふ》た駅向こうまで行かなきゃならないの。下のコンビニにあるんじゃない？　ファックス用紙。
ジュンイチ　あそこ置いてないんだ。
チエ　今時。
ジュンイチ　チェーン全体がやる気ないんだよ。客も少ないし。売れ筋商品も絞れてないんだから、当然だろうけど。
チエ　……もう電話しないわよ。私、携帯嫌いなの。あのザーッていう音。
ジュンイチ　……（カズミに）忘れ物ってなに。
カズミ　そこに置いた。
ジュンイチ　……ああ。
カズミ　元気そう。
ジュンイチ　まあ。

カズミ　心配してたじゃない、やっぱり八年もいないと、帰ってもあれかなって……。
ジュンイチ　だいじょうぶ。拍子抜けしちゃうよ、何も変わってないみたいで。
カズミ　そう……。
ジュンイチ　もっと窮屈かと思ってたけど、すごくあたりまえなんだ。なんだか妙な感じがするよ。実は自分はずっと、ここに住んでたんじゃないか、住みつづけていたことを忘れちゃってるだけなんじゃないかって……。
チエ　それじゃ失礼よ。カズミさんのほうを忘れちゃったみたいじゃない。
ジュンイチ　あぁ……。
カズミ　……限定つきだからよ。三カ月限りって。
ジュンイチ　メシは一人で食べるほうが気楽だけど。
カズミ　……音がする。
ジュンイチ　なに。
カズミ　……ジーッて。この缶の中。

ジュンイチ、クッキー缶を開ける。

ジュンイチ　（中身がミミズだとわかって）これ、どうしたの。

カズミ　ほら、聴こえない？　ジーッて。
ジュンイチ　……音なんかしないよ。発声器官はないんじゃない？　ミミズに。
チエ　会話してるんじゃないの？　イルカみたいに。
カズミ　実は知能の高い生き物だったりして。
ジュンイチ　人格を感じてるみたいだけどね、うちのおふくろは。
カズミ　……赤ん坊みたいね。
ジュンイチ　なんで。
カズミ　丸裸ってかんじでしょう。
ジュンイチ　成長するとどうなるの。
カズミ　羽根かなんか生えてきそうじゃない。
ジュンイチ　そうかなあ。
チエ　ただ大きくなるだけよ。
カズミ　……じっとしてるのがいるけど。生きてるのかな。
ジュンイチ　眩しいんじゃないの。ミミズは夜行性だから。
チエ　……それって、交尾してるんじゃない。

チエ、ガラス戸のそばに置いてあった本を開いている。

チエ　どこかにあったわ。……（読む）ナイトクルーラーは月夜の地上で交わる。分泌物で引きつけ合い、粘液で互いのからだを密着させてつながる。……ある意味でミミズは、常に性交に耽っている。
ジュンイチ　そりゃ、これだけ大勢いれば、いつも何組かはさかってるでしょう。
カズミ　もう……。
チエ　ミミズには視覚も聴覚もない。皮膚呼吸しかできないので、からだを密着して繁殖するさいには、見た目は静かだが、脇目も振らず息も絶え絶えってかんじになる。
ジュンイチ　そう書いてあるの？
チエ　ミミズは雌雄同体。一個体の中に雌雄の生殖器官を有する。しかし自家受精は行わない。ミミズは恐竜より長く、四億年も前から、対になって繁殖することだけを目的に産まれ、死んでいくのだ。
カズミ　……ほんとね。じっとしてるけど、繋がってる。
ジュンイチ　……母さんの本？
チエ　ミミズ研究家は女性が多いんだって。これ書いたのも女の人。
カズミ　……帰ります。
ジュンイチ　うん……。

カズミ　送らなくていいから……。
ジュンイチ　……そう。
カズミ　……電話くらい出てください。
ジュンイチ　入りにくいことあるだろ、携帯電話。……家の電話にかけろよ。
カズミ　他の人が出ると嫌だから。
ジュンイチ　……。
カズミ　……番号出るやつでしょ、それ（ジュンイチの携帯電話）。
ジュンイチ　ああ。君からだったら、流れる曲決めてあるから。
カズミ　……ほんとに。
ジュンイチ　うん。
カズミ　……何が流れるの。
ジュンイチ　「星に願いを」。（節を少し鼻歌で歌う）
カズミ　……。
ジュンイチ　かけてごらん。

カズミ、自分の携帯電話を掛けながら、

カズミ　どう分別してるの、荷物。
ジュンイチ　……。
カズミ　私が詰めたままになってるんじゃないでしょうね。
ジュンイチ　……。

ジュンイチの電話から流れる電子音の「星に願いを」のメロディ。

ジュンイチ　ほら。
カズミ　出て……。出てください。（少しずつ玄関のほうに後ずさっていく）
ジュンイチ　……。（受信ボタンを押す）
カズミ　（携帯電話に）待っていてほしくないんですか。待ってちゃいけないんですか。
ジュンイチ　……。
カズミ　（携帯電話に）どうして「いいわ」って言っちゃったんだろう。あなたが転勤していいかって訊いたとき。
ジュンイチ　（携帯電話に）……もう決めてたことだから。
カズミ　（携帯電話に）お邪魔しました。……お姉さんにもよろしく言ってください。
ジュンイチ　（携帯電話に）まだ時間早いけど、気をつけて。

カズミ　（携帯電話に）うん……。

　　　カズミの姿、玄関に消える。
　　　見送るチエ。

ジュンイチ　（携帯電話に）もしもし、もしもし……。（受信ボタンを消す）
チエ　……あのひと、知ってるんじゃない。他にいるって。
ジュンイチ　知らないと思う。
チエ　知らないわけないじゃない。
ジュンイチ　そういうやつなんだよ。
チエ　あんたひどいやつだって気がしてきた。
ジュンイチ　否定しません。
チエ　あ、忘れていった、ミミズ……。
ジュンイチ　え……。
チエ　……。

　　　チエ、クッキーの缶に蓋をする。

ジュンイチ　やっぱり不気味だな。近くで見ると。
チエ　……どうして「ミミズ脹れ」なんて言うんだろう。
ジュンイチ　……なに。
チエ　あのときできたでしょう。見せてあげたじゃない。
ジュンイチ　……もう消えた？
チエ　少しずつ退《ひ》いていったわ……、だけど、なんだか嫌だった。表面から消えて、だんだんからだの中に入っていっちゃったんじゃないかって。
ジュンイチ　いやだな、ミミズをからだに飼う女。
チエ　いいじゃない。それでもいいっていうひとがいたんだから。
ジュンイチ　今つきあってるひと。
チエ　一番最後に寝たときにね、私の中にいるミミズを飲んだっていうの。……いや、そうじゃない。ペニスから逆流してきたって。……それで消えたのよ、私のミミズ脹れ。
ジュンイチ　エッチだな。
チエ　あんたほどじゃないわ。
ジュンイチ　どうして。

チエ　私たち、危なかったことあるでしょ、二回ほど。
ジュンイチ　お医者さんごっこだろ。
チエ　中学生がするのはお医者さんごっことはいえないでしょう。
ジュンイチ　自分から誘っといて。
チエ　一番興味ある歳頃なのよ。男の子のからだがどうなっているか……。
ジュンイチ　小学生で損したよ、こっちは。
チエ　二回目のときは。
ジュンイチ　……。
チエ　びんびんだったくせに。
ジュンイチ　……。
チエ　自分でびんびんになっておいて、自分で泣くんだもの。意気地無し。
ジュンイチ　……よせよ。
チエ　……。
ジュンイチ　その……、イノウエさんじゃない人。
チエ　うん……。
ジュンイチ　姉さん、一度呼んだほうがいいよ。その人。
チエ　そう思う？

ジュンイチ　うん。
チエ　私から連絡するつもりないの。
ジュンイチ　どうして。
チエ　さっきはあんなふうに言ったけど……。あの人、信じてないのよ。どうして私にミミズ脹れができたかって話は。
ジュンイチ　信じないほうがいいかもしれない。
チエ　どうして。
ジュンイチ　……。
チエ　……どうしてよ。
ジュンイチ　嫌な話していい？
チエ　しなさいよ。
ジュンイチ　……預かってるもの、あるだろ。
チエ　なに。
ジュンイチ　姉さんが捨てるなって言ってた……、服。あの時の。
チエ　……。
ジュンイチ　覚えてる。
チエ　……覚えてるわ。

ジュンイチ　いつまでも俺に持ってろっていうのもヘンだし。どうしようかと思って。
チエ　……。

チエ、積んであるダンボール箱を探るように見る。

チエ　どれ……。
ジュンイチ　……。
チエ　どれに入ってるの……。
ジュンイチ　……。
チエ　言いなさい。
ジュンイチ　……言ってどうするんだよ。
チエ　……。
ジュンイチ　……見ないほうがいいよ。
チエ　……あのときのままなの。
ジュンイチ　クリーニングに出した。少し綻《ほころ》んでたけど、直した。
チエ　あんたが。
ジュンイチ　うん。

チエ　……どんな赤だっけ、あのワンピース。
ジュンイチ　エンジに近いよ。
チエ　……。
ジュンイチ　捨てていいよね。
チエ　あんたが持ってて。
ジュンイチ　捨てるよ。
チエ　あんたが結婚するとき捨てて。
ジュンイチ　……どうして。
チエ　女物の服持ってお婿に行けないでしょ。それだけ。

フミエ、来る。

フミエ　……カズミさん帰ってったわよ、一人で。どうなってるの。
ジュンイチ　いいの。
フミエ　一緒に住んでたひとでしょ。
ジュンイチ　もう住んでない。
フミエ　まあ。

ジュンイチ　俺より姉さんのこと考えたら。
チエ　そうきたか。
フミエ　そうね。本人が消極的なら、家として本気になるしかないわね。……男女の人口比一対一の均衡は崩れつつあるのよ。いい男見つけるのは難しいのよ。
ジュンイチ　見つけられるのもね。
チエ　よく言うよ。

タカシ、来る。

タカシ　……もう帰っちゃったのか、カノジョ。
ジュンイチ　うん。
タカシ　おとなしそうだけど、やり手なんだって。
フミエ　係長なんでしょ。やっぱり会社、やめちゃったら負けよねえ。
チエ　はいはい。
ジュンイチ　なに勉強してるの。
タカシ　告訴状書いてるんだ。
ジュンイチ　自分で。

タカシ　一応法学部だからな。
ジュンイチ　そんなムキになることないんじゃない。
タカシ　いや、一事が万事。近年の運動部員の駄目さ加減は看過しておけん。よくいろんな問題起こすだろう、スポーツやってる連中が。ほら、昨日もニュースでやってた。ラグビー部の奴らがカラオケで事件起こしただろ。謝罪したり示談ですませたりする問題じゃない。凶悪犯罪だぞ。
フミエ　訴えるからには勝てるんでしょうね。
タカシ　場合によっては訴えると言ったから、直後に調書は取ってある。向こうもこっちも。……おまえも証人に呼ばれるかもしれん。
フミエ　なぜです。
タカシ　俺が非暴力の思想を持っていたことを証言するためにだ。
フミエ　わかりませんよ私にはそんなこと……。
ジュンイチ　慰謝料とかふんだくるわけ。
タカシ　どうも納得できないんだ、あれっきりというのは。考えてみれば殴られ損じゃないか。
フミエ　あなたが決めればいいんですよ。ミミズは私の責任。告訴はあなたの責任。それだけです。他の家みたいに、給料袋そのまま渡すのが信頼関係だなんて、私はそんなこと思ってませんから。

タカシ　渡したっていいんだ。

フミエ　……困ります。

ジュンイチの携帯電話、電子音の「星に願いを」を奏でている。

タカシ、ミミズの入った缶を開けようとする。

チエ　だめ。……それ、ミミズ。

タカシ　……。

フミエ　持っていかなかったの……。

ジュンイチ、電話を切る。

タカシ、危うく缶の中身を見る寸前に蓋を閉める。

タカシ　……なんで家の中にミミズがいるんだ。しかもクッキーの缶に。

チエ　……（ジュンイチに）いいの？　出なくて。

ジュンイチ　ああ。

タカシ　ぬらりとして細長い生き物は嫌いなんだ。重なりあってうにょうにょしてるのなんか見せられた日には……。
チエ　きちんと川の字になってるほうが気持ち悪いでしょ。
フミエ　うなぎは好きじゃありませんか。
チエ　ミミズの胴体の輪っかが連なってるの、駄目っていう人もいるね。
ジュンイチ　俺はあの半透明な感じが嫌だな。
タカシ　言うな。
チエ　別居しかないよ。ミミズ別居。
フミエ　えー。
チエ　アメリカの離婚訴訟で、ペットを虐待する夫を訴えた妻が勝ったって。
フミエ　そうなの。
タカシ　（ミミズが）ペットなのか。
チエ　可愛がってるのは確かでしょ。こないだなんか、アイスクリームあげてたじゃない。
タカシ　なに。
フミエ　……アメリカの農場の人が書いてたんですよ、レッドワームはアイスクリームを喜ぶって。

タカシ　信じたのか。
フミエ　試してみたくなるのよ。そういうの。
タカシ　……直接目に触れないようにしてくれればいい。そのかわり俺は金輪際ベランダに出ない。
チエ　ハンバーグにして食べさせちゃえば。栄養はあるはずよ。良質の動物性蛋白。
タカシ　馬鹿いえ。
チエ　聞いたことあるわよ。ファミリーレストランに卸す冷凍食品工場に、ミミズでいっぱいのバケツを運び込んで行くのを見掛けたとか……。
フミエ　ほんとに？
ジュンイチ　ありえない。ただの噂だよ。
フミエ　誰が噂してるの。
ジュンイチ　誰がって。……学校の怪談みたいなもんだよ。口裂け女や人面犬とか、サザエさん一家が死んじゃったとか。
タカシ　当分入りたくないな、ファミリーレストランは。
ジュンイチ　だいじょうぶ。ミミズ仕込んでくる方がカネ掛かるよ。
フミエ　流通業界の人がこう言うんだから。
ジュンイチ　ねえ、絡まれたときだけどさ。

タカシ　うん。
ジュンイチ　あれってやったの。非暴力のポーズ。万歳みたいなやつ。
タカシ　ばか。
ジュンイチ　（両手を奇妙に上げる）こんなやつ。

タカシ、ポーズを取る。

タカシ　……こうだよ。手を頭の後ろで組んで、両肘をあげる。非暴力のポーズ第二。
ジュンイチ　なにかあるんだっけ、メッセージが。
タカシ　理不尽な武力に抵抗するため、私は身をもって暴力を放棄します。これが対等な立場での意見の衝突ではなく、権力による一方的粛清であることを明白にし、果たして正義がどちらに与《くみ》するものかを人々に知らしめたいのです。我々は権力の暴虐に屈伏したわけではありません。被害が甚大であるほど、人民の連帯は強固なものとなるのです。（歌う）暴虐の雲、光を覆い、敵の嵐は荒れ狂う……。

タカシ、ポーズを取ったまま、「ワルシャワ労働歌」を歌いながら去る。

ジュンイチ　……なんか子供っぽくなったんじゃない、お父さん。
チエ　フロメシネルで威張ってるのは子供かお父さんでしょ。
フミエ　私のせいかしら。
ジュンイチ　なんで。
チエ　子供扱いしてる。
フミエ　奥さんでいるより母親でいるほうが楽だから。
ジュンイチ　そういうこと。
チエ　もはや妻ではない？
フミエ　……え。
チエ　キスなんかしないの。
フミエ　するわよ。
ジュンイチ　……するかそりゃ。
フミエ　何年もしなかったけど、復活したの。
チエ　……。
フミエ　お父さんがね、言ったのよ。恥ずかしそうに。実は俺、キスが好きだって。
チエ　えー。
フミエ　で、久し振りに、念入りに歯、磨いてたわ。口の中、冷たかったけど。

ジュンイチ　やめてよ。
フミエ　あなたがいなくなって、姉さんもしばらくいなかったでしょう、あの時にはなんだか、どうしていいかわからなかったわ。きっとあれからよ。……妻であることはやめられても、母親であることはやめられないでしょう。

ジュンイチ、カズミが置いていったダンボール箱を開けている。

チエ　なに持ってきたの。
ジュンイチ　（中の電気スタンドや鍋を見て）置いていくつもりだったのに……。（布袋を発見する）なんだこれ。

その袋には、女物の小物やアクセサリー、小さい人形の置物などが入っている。

チエ　女物じゃない？
フミエ　……紛れ込んだのかしら。
ジュンイチ　いや。

ジュンイチ　……。
フミエ　全部。
ジュンイチ　……俺がこれまでに、プレゼントしたやつだ。
フミエ　……どうして。

チエ、その袋の中に、ガラス製の小さな青い灰皿を見つける。
台所にある、家の電話が鳴る。
フミエ、台所へ行く。

チエ　……ねえ、これって、安曇野のコーヒーハウスでかっぱらってきたやつ？
ジュンイチ　え……。(見て) そう……。なんで知ってるの。
チエ　……キスしてあげようか。
ジュンイチ　なんで。
チエ　さみしそうだから。
ジュンイチ　……ばか。

フミエ、はい、はい、と電話に頷いてばかりいたが、

フミエ　ジュンイチ……。下のコンビニから電話。あなたに。
ジュンイチ　……え。
フミエ　カズミさんがお店の人に言ったみたい、うちの番号。
ジュンイチ　……なんで。
フミエ　カズミさん、捕まったの。……万引きしたんだって。
ジュンイチ　……。
チエ　あー。

チエ、頭を抱えてしまう。

暗転。

3

強めの雨。
ベランダのミミズのコンポストの上に傘が掛かっている。
色とりどりの鉢植えが置いてある。
室内にあるダンボール箱の数、少し増えている。
以前にはなかった姿見、冷蔵庫、女物にも見える大きなバッグ。
籠に入った贈答用のフルーツセットが置いてある。
ちゃぶ台に茶碗と茶菓子の饅頭、缶ビールとワインの瓶、グラスが幾つか置いてある。
フミエ、台所で洗い物をしている様子。
キミコとテツオ、座っている。
タカシ、たった今、立ちあがった。

タカシ　ちょっと失礼していいですか、歯があれなもんで……。この饅頭、ひっつきやすいでしょう、皮のところが。……いい歳して虫歯があるんです。饅頭の臍の栗も挟まっちゃいましてね、洞穴に。

テツオ　……あぁ。

タカシ、洗面所の方に去る。
キミコ、饅頭の臍を眺めている。
テツオ、ガムを取り出して口に含む。
キミコにも勧めるが、キミコは首を振る。

キミコ　誰が思いついたんでしょうね、饅頭のお臍に栗を入れるなんて。
テツオ　……。
キミコ　やっぱり、お臍に栗みたいなものがあったんでしょうか、思いついた人。
テツオ　……はい？
キミコ　……私ね。お臍にゴマあるんです。（一瞬ちらりとシャツの裾を捲《まく》って）ほら。
テツオ　……。
キミコ　さわってみて。

キミコ、テツオの手を取って、シャツの上から自分の臍に触れさせる。

キミコ　大きいでしょう。
テツオ　……なにか入れてるんですか、ビー玉かなにか。
キミコ　え……。
テツオ　いえ、そういうファッションでもあるのかなって。……最近、いるじゃないですか。お臍にピアスしてるひととか……。
キミコ　……本物です。
テツオ　……。
キミコ　異常でしょうか。
テツオ　さあ……。
キミコ　お臍のカタチじたいは気に入ってるんです。ちゃんと縦長だし。
テツオ　……縦長ですか。
キミコ　お臍は縦長じゃないと。
テツオ　……はあ。
キミコ　私、男の子みたいな体型になりたいんです。小学校高学年か中学一年生。

テツオ　……なんですか。
キミコ　そういう男の子のお臍って、縦長でしょう。
テツオ　……。
キミコ　なんかヘンですね、私たち。
テツオ　……ええ。
キミコ　いつからつきあってるんですか、チエさんと。
テツオ　……去年です。

タカシ、コップ片手に歯ブラシで歯を磨きながら出てきた。

タカシ　すみませんね私だけ……。水磨きで手短にすませますから。あ……、そうか。どこかにあったと思うんです、来客用の歯ブラシ……。
テツオ　私はこれ、やってますから……。（ガムを嚙んでみせる）
タカシ　……あ、食後にガムを嚙むのは、からだにいいんです。唾液の消化効果が倍増しますから。食べるときによく嚙まない人はなおさらです。いえ、私みたいに嚙めない人間は、やはりちゃんと磨いたほうが……。

フミエ、来る。

キミコ　オガワさん、血液型は。
テツオ　O型。
キミコ　やっぱり。
タカシ　（磨きつつ）ああ。
フミエ　……わかるんですか。
タカシ　あんまり信じないんですが、そういうのは。オガワさんのO型はわかるなぁ。
フミエ　どうなんです、O型は。
タカシ　O型は生命力旺盛で実務に強い。日本の総理大臣はほとんどそうなんだよ。
テツオ　ほんとですか……。
キミコ　ほんとです。
タカシ　いや、受け売りなんですけどね。
フミエ　日本の総理大臣じゃ、がっかりですね、ちょっと……。
テツオ　……。
フミエ　（上手の部屋に声をかける）チエ……。
タカシ　なんでこの部屋がいいって言ったんだ、あの子は。

フミエ　台所はちょっと手狭だし。畳の部屋はなんか、かしこまった気がするからって。
タカシ　そうか。
フミエ　それで決めたんでしょう、外でお食事するって。
タカシ　だけど本人が出てこないんじゃ……。
フミエ　チエ……。
タカシ　お召し換えか。
キミコ　……ここって、子供部屋だったんでしょ。
フミエ　……ええ。
キミコ　……フフ、なんか今、そんなかんじ。
フミエ　……。
キミコ　またヘンなこと言っちゃった……。
フミエ　……ああ、わかりますよ。ジュンイチが小学校の頃なんか、よく友達が来ましたからね、二段ベッドもあったし、引越し荷物じゃなかったけど、玩具《おもちゃ》とか散らかし放題のところに、こんなふうに大勢しゃがみ込んで……。

ベランダにいるジュンイチ、ミミズのコンポストを照らすように裸電球をさげようとしている。

フミエ、ベランダに目をやる。

フミエ　……ジュンイチも、手間が掛かるんだったら、明日にしたら。
タカシ　もう日が暮れたな。
フミエ　今日は早いんですよ、雨だから。
テツオ　……本降りになりましたね。
フミエ　季節の変わり目だし。
テツオ　……あぁ。
フミエ　変わり目というか、中間点というか。
タカシ　中間点。
フミエ　昼の長さと夜の長さがだいたい同じでしょう、今時分は。
キミコ　……ミミズ用なんですか、この電気。
フミエ　逃走防止なんですよ。……ミミズは夜行性だから、明るいと出てこられないはずでしょう、昼間だと思って。
キミコ　ああ。
タカシ　下の階のベランダで、ミミズが見つかりまして。
フミエ　うちのミミズが降りてったんじゃないかって、階下《した》の人。

キミコ　えー。
フミエ　この容器は構造上、ミミズが逃げられないようになってるはずなんですが。
テツオ　……ああ。
フミエ　階下《した》には鉢植えがあるから、その堆肥に混じってたんじゃないかと思うんですけどねぇ。
ベランダにジュンイチの姿はない。
キミコ、ベランダへ出る。
裸電球をさわってゆらゆらさせる。
タカシは決して直接ミミズを見ることはしないが、
タカシ　酒が残っちゃったな。ミミズにやったらどうだ。
フミエ　駄目ですよ。すごい熱だして、死んじゃいます。
キミコ　酔っぱらっちゃうんですか。
フミエ　いいえ。化学作用です。ワインなんか酢酸だからとんでもないですよ……。
フミエ、ちゃぶ台の上のものを片付けるついでに、タカシの歯ブラシとコップを取って去る。

キミコ、コンポストの蓋を外して、ミミズを見ていたが、やがてジュンイチを探すように、ベランダの奥上手に消える。

テツオ、コンポストを覗いて、

テツオ　キジですか。
タカシ　……え。
テツオ　あ、種類です、ミミズの。
タカシ　……どうでしょう。レッドワームとか言ってましたが。
テツオ　川釣りで使うやつなんです。
タカシ　……引っ掛けるんですか。針に。
テツオ　ええ。
タカシ　生きたまま。
テツオ　そりゃあ……。
タカシ　痛いんじゃないですか。
テツオ　通して刺すとあれですけど。胴のちょん掛けならそうでもないでしょう。……いいキジだ。

タカシ　持って帰ります？
テツオ　……今すぐ行くわけじゃないですから。

　　　キミコ、戻ってくる。

タカシ　しかし……、釣りをする人がミミズを飼ってたら、餌を買いに行く手間が省けて便利でしょうね。
テツオ　……アメリカっていう国は自動販売機が少ないんですが、街道沿いによく、ミミズの自動販売機がありますね。
タカシ　釣りの餌用。
テツオ　はい。
キミコ　行ったことあるんですか、アメリカ。
テツオ　親戚がいるんです、アラスカに。
タカシ　アラスカというと、シャケですか。
テツオ　釣ってる暇はなかったんですが。
キミコ　よく行くんですか、釣り……。
テツオ　他に趣味がないんです。最近どうも運動不足で……。いえ、スポーツは嫌いじゃないんですが、健康のためとか、わざわざクラブに入ってとか、そういうのが駄目なんです。
タカシ　いいカラダしてるのに。
テツオ　四十肩なんです。
キミコ　まだ三十代なんでしょう。
テツオ　三十九でも四十肩です。
タカシ　自分で決めつけなくたって。
テツオ　まわりが決めてくれなきゃ自分で決めるしかない、そういう歳頃ですから。
タカシ　……ああ。
テツオ　……（照れて）いやいや。
タカシ　……いつかご自分で事業をやろうと計画されてるとか。
テツオ　いつかは。
タカシ　結婚も。
テツオ　やはり、いつか。
キミコ　そのいつかが迫っている。
テツオ　……たぶん。
タカシ　……。

テツオ　昔は思わなかったんですけど、この歳になって初めて結婚するとなると、考えてしまうんです。経済力がどうとか、将来の保証とかって……。自己評価が厳しくなるっていうんでしょうか……。
タカシ　……私もね、ほんとはそんなに嫌いじゃないんです、「男は金だ」っていうひと。
テツオ　……はい。
　　ジュンイチ、ベランダに姿を現わす。
　　フミエ、出てくる。
タカシ　……予約してあるんだろ。レストラン。
フミエ　そんな大袈裟なあれじゃないでしょう。だいたいいつも空いてます、あそこは。
タカシ　最初は、うちですき焼きでもって思ったんですが……。
　　フミエ、上手のドアを開け、中を覗く。
フミエ　チエ、もう行きますよ。

ジュンイチ、部屋に入ってくる。
キミコ、ジュンイチと入れ替わりに、自分が窓際に残る。
フミエ、振り向いて、

フミエ　食欲がないって……。
タカシ　悪いのか、体調が。
フミエ　……残して行ってくれって。
タカシ　……。
テツオ　僕も残っていいですか。
タカシ　……。
テツオ　話したいんです、少し。
タカシ　……どうします、飯は。
テツオ　……食事はいいんです。昼が遅かったもので。
タカシ　そうですか。
フミエ　……そういうことにしましょうか。
タカシ　じゃあ、ゆっくりしてってください。……どうせ私たちは飯の後は別行動なんです。今夜はマンションの役員会に呼び出されてましてね。
テツオ　……はい。
タカシ　ミミズのことなんです。いえ、増え過ぎたんですよ。それでうちのやつが余ったミミズを花壇に放ったことがあって……、いえ、女房としては善意だったわけです。花壇の土を肥えさせるという。ところが、誰かがそれを見咎めて、問題にしたんです。階下の人がいろいろ言うのも、そういうことがあったからで……。
フミエ　最初はね、ミミズを分けるって提案したんです。花壇だけじゃなくて、小学校の兎小屋なんかに入れてもいいと思ったんですよ。
テツオ　ええ。
フミエ　……反対されたんです。子供たちが嫌がるし、不潔だって。
テツオ　不潔ですか。
フミエ　あの人たち、ミミズをゴキブリやハエと同じだと思ってるんです。ミミズの世話をした手で給食を食べて、食中毒になったらどうするんだって……。
テツオ　子供は自分から手を汚すくらいでいいんですよ。
フミエ　そうですよ。たまごっちなんかで遊んでないで、ミミズを育てればいいんです。
タカシ　とにかく自治会としては、一般家庭でミミズを飼うのは困ると。
フミエ　ええ。

テツオ　そうですか……。
タカシ　ほとぼりが冷めるまでおとなしくしてたほうがいいだろう。今、この界隈でミミズを見かけたら、ぜんぶうちのせいにされちゃうんだから。
ジュンイチ　……もう行かないと。
テツオ　……あの、紹介しましょうか。弁護士。
フミエ　何かあるんですか、ミミズの養育権を保証するような法律。
テツオ　いいえ、忘れてたんですが、お父さんが傷害に遭われたという……。
タカシ　あ。……ええ。
テツオ　災難でしたね。
タカシ　滞ってるんですよ、今。
テツオ　ええ。
タカシ　……告訴状が受理されたかどうか返事がないんです。
テツオ　告訴状は警察に。
タカシ　はい。
テツオ　直接検察に送ってしまったらどうです。
タカシ　いいえ、告訴状を送った以上、警察にはそれを受け付ける義務があるんです。頭越しに検察と話して、警察に臍を曲げられると面倒ですから。

テツオ　ああ……。
フミエ　行きましょう……。
タカシ　それじゃ……。
フミエ　……チエ、オガワさん残っていかれますよ。
タカシ、キミコ、立って玄関のほうへ……。
テツオ、ベランダに残って、ミミズを見ている。
フミエ　（ジュンイチに）なんとかしなさいよ、これ（荷物）……。
ジュンイチ　あぁ……。
フミエ　……どういうつもりで送ってきたの。これ、女物でしょう。カズミさんのものじゃないの。
ジュンイチ　共同で買ったか、俺が金出したものだと思うけど。
フミエ　なんかだんだん、あんたたちが同棲してた部屋みたいになってきてるじゃない。
ジュンイチ　……来たことないくせに。
フミエ　そのうち本人が届いちゃうんじゃないの。
ジュンイチ　受け取ることないんだよ。俺が送ったんじゃないんだから。

フミエ　宅急便で来たものを突っ返すわけにもいかないでしょう……。
ジュンイチ　……。
タカシの声　行かないのか。
フミエ　はいはい。

フミエ、去る。
ジュンイチ、去ろうとすると、上手のドアが開く。

チエの声　……ジュンちゃん。
ジュンイチ　……うん。
チエの声　……会社休んでるんだって？　カズミさん。
ジュンイチ　……ああ。
チエの声　私のせいじゃないよね。
ジュンイチ　……どうして。
チエの声　……。
ジュンイチ　そんなこと考えるなよ。
チエの声　……。

ジュンイチ　じゃあ、行くから。
チエの声　うん……。
　ジュンイチ、テツオに会釈して去る。
　テツオ、ミミズに視線を戻す。
　間。
　チエ、ベランダの上手側から出てくる。
テツオ　……ずっと家にいるの、最近。
チエ　悪い？
テツオ　仕事ないの。
チエ　……条件いいのは来ないわ。使いにくいんじゃない？　三十過ぎた派遣は。
　テツオ、チエに触れたくて、そっと手をのばす。
　チエ、過剰に反応する。

チエ　急に手、上げないで！
テツオ　……。
チエ　何しに来たの。
テツオ　話したいんだ。
チエ　……ガムちょうだい。

テツオ、ガムの粒を剝いて渡そうとする。

チエ　甘いのは嫌い。
テツオ　シュガーレスだよ。
チエ　あなたが嚙んでるの。
テツオ　……。

テツオ、チエに口移しでガムを受け渡す。
接吻になる。
テツオ、さらにチエのからだを引き寄せようとするが、チエ、顔を背ける。

テツオ　……見てみたいな、君の部屋。
チエ　いや。
テツオ　ここがいいの？
チエ　ええ。
テツオ　歓迎されてると思ったけど。
チエ　みんなはしゃいでるのよ、めったにお客さん来ないから、うち。
テツオ　そう。
チエ　でも、あんまりお客さんが来ないねって、そのことを気にしたこともないし。
テツオ　……。
チエ　（フルーツの籠を見て）こんなもの持ってきて。
テツオ　……好きじゃないか、果物。
チエ　ミカン。
テツオ　……。
チエ　剝いて。

テツオ、ミカンの皮を剝き、細かい筋を取る。

テツオ　君は必ず遅れて登場する。……それが相手より優位に立ちたいからじゃなくて、先に来て一人で待ってるのが怖いからだって、やっと見抜いたところだった。
チエ　うちには絶対に来ないでって言ったでしょ。
テツオ　……君はよく嘘をつく。約束を破る。嘘だとわかってほしい嘘。破ってもだいじょうぶな約束。
チエ　……。
テツオ　……（ミカンの房を）ほら。
チエ　ガム噛んでる。
テツオ　ガム噛みながらもの食べたりしたことない？
チエ　ない。
テツオ　子供のとき、しなかった？　チョコレートとかならいいんだけど、ビスケットなんか、ガムに細かい破片がひっついちゃってさ……。
チエ　忘れた。
テツオ　感情を抑えたいときには、食べ物の話をする。
チエ　なにそれ。
テツオ　君がそう言ってた。

チエ　……抑えてるの。
テツオ　……二人きりで会ってくれなくなったから。
チエ　へええ。
テツオ　理由がわからないんだ。
チエ　理由なんかないわよ。別に会いたいと思わないから会わない。そうに決まってるでしょう。
テツオ　今日、家に呼んだのは君だろう。
チエ　……。
テツオ　隠したり、はぐらかしたりは、もうたくさんだ。
チエ　……。
テツオ　見当違いかもしれないけど。
チエ　なによ。
テツオ　君は言った。君には秘密があると。
チエ　ええ。
テツオ　どんな秘密。
チエ　……。
テツオ　ほんとうのことを知りたい。

チエ　話したわ。
テツオ　話したって？
チエ　話したじゃない。信じてなかったの。
テツオ　あれか。
チエ　ほんとうだもの。
テツオ　……嘘つきはきらいだ。
チエ　……喋ったわ、私。ほんとうの話を。
テツオ　……あんな話をするなんて、別れたがってるからだろうと思った。
チエ　どの話。
テツオ　弟とできてるって話だろ。克明に描写までして。
チエ　信じたの？
テツオ　いや。
チエ　……そうね。ファーストキスが弟だっていうのはほんとだけど。
テツオ　（やっぱり）嘘じゃないか。
チエ　キスだけでもできてるってこと、ない？
テツオ　ふつうそうは言わない。
チエ　あっちの話は？

テツオ　あっちの話？
チエ　……二つ話したでしょ。究極の選択。弟と寝た話とどっちが好きかって。
テツオ　嘘なんだろ……。
チエ　嘘よ。
テツオ　……。
チエ　嘘。

テツオ、それが嘘ではないのだと思う。

テツオ　そうなのか。
チエ　……あのときいったんは信じたくせに。
テツオ　……家族は知ってるの。
チエ　気になる？
テツオ　まあ。
チエ　それで家族に対する態度が変わるわけ？
テツオ　そんなつもりで言ってるんじゃない。
チエ　……解放されてすぐ、家に電話したわ。お母さんが話合わせてくれたから。前の晩に帰ってこなかったこと、父にはわからないようにしてくれて……。友達のところに行ってることになってたの。……それはほんとうなの、それから三日間、彼のところにいたから。その頃つきあってたひと。

テツオ　……でも、傷とか、見えるじゃないか。

チエ　ちょっと見ただけじゃわからないわよ。外からじゃ。

テツオ　何も言わずじまい。

チエ　……痴漢に遭ったとだけ。

テツオ　……弟さんは？

チエ　そりゃその頃はまだ家にいたから（知っている）。

テツオ　……。

チエ　でもそれだけ。まわりにヘンな噂もたってないわ。……安心した？

テツオ　……ほんとうなの。

チエ　……。

テツオ　無理やりにされたことがある、監禁されたことがあるって、何かのついでみたいに言われて……、最初は意味がよくわからなくて、聞き流してた。

チエ　……。

テツオ　……いや、ひょっとしたらと思って、考えた。考えたんだ。考えた。もしもほんとうだとしたら、それが君にとって、どういう経験だったのか。

チエ　経験って。

テツオ　わかりようもないけど……。

チエ　話すの？

テツオ　……。

チエ　もっと話すわよ。必要なら。

テツオ　……いや。

チエ　どうして。……知りたいんでしょう。考えたんでしょう。それがどういうことか。

テツオ　……ああ。

チエ　私だって、考えたわ。あんなふうになってわかったことがいっぱいある。わからなかったほうがよかったんだろうけど。

テツオ　……。

チエ　どうしてからだなんてあるんだろうって思ったわ。あんな目に遭うのもからだがあるからね。

テツオ　そこの街道沿いの……。墓石屋の前って言ったっけ。

チエ　外車売り場の隣。オレンジ色の看板の。終電の後は真っ暗よ。

テツオ　……。

チエ　言わないの。どうしてそんなところ、夜中に一人で歩いてたんだって。
テツオ　……。
チエ　ふつう訊くわよ、みんな。そこから。……ええ。お酒ものんでたわ、少しだけど。いきなり羽交《はが》い締めにされた。……黙って歩け。言う通りにしろ。ぶっ殺すぞって。ナイフか何か、持ってるかどうか確認できなかった。それも悔しいの。強盗だと思ったけど、そうじゃなかった……。いいえ。取られたわ。腕時計とお金。
テツオ　……。
チエ　クルマに押し込まれて、連れてかれたわ。……ふつうのアパートだった。殴られて、声を立てると首を締められた。何度も殺されると思った。どこをどうされたかわからないけど、からだじゅう痛んだわ。……顔はそうでもなかった。誰かが止めたの。顔を殴るとバレるから、ほどほどにしろよって。
テツオ　……。
チエ　どうしてだか知らないけど、しばらく放っとかれて……。それから、みんな帰ってきて……。
テツオ　……。
チエ　することをされて……。
テツオ　……。

チエ　聞いてる？
テツオ　ああ。
チエ　なんて言ったの私は？
テツオ　することをされたんだろう。
チエ　……そうよ。
テツオ　……。
チエ　……（奇妙に笑う）コンドーム使わないと危ないかもしれないぜって言うの。
テツオ　……。
チエ　一人目はコンドームをつけて、三人目までは中で出して、四人目はべちゃべちゃして嫌だからって、口の中に出したわ。……唇も腫れたし、いつまでも口の中に残ってるみたいで、おかゆと牛乳を見たら思い出して、吐いた。何年も白いものは駄目だった。豆腐とか、うどんとか……、好きだったのに。
テツオ　……からだは、だいじょうぶだったの。
チエ　だいじょうぶって。
テツオ　……いや。
チエ　濡れたかどうかを訊いてるの。濡れたかもしれないわね。ええ、濡れなきゃ怪我するでしょ。でも何日か出血したわ。

テツオ　……。
チエ　……すぐに警察に駆け込んで、検査してもらえばよかった？
テツオ　……。
チエ　これは誰にも言ってないんだけど、撮影もされたの。……そう、あれから、フラッシュが怖い。カメラが怖い。
テツオ　……。
チエ　私、泣かなかった。涙一つこぼさなかった。ただこわかった。傷だらけで、自由になったときまで、裸足で、足をざっくり切ってることも気づかなかった。……泣いたのは、一週間たってから。しばらくは、人の目を避けて歩いた。喫茶店なんかでも、奥の方の、人に見えない場所を選んで座った。でも他の街に逃げるのは嫌。嫌なの。だから同じ町に住んできた。四年だけよそで暮らしたけど、帰ってきちゃった。
テツオ　……。
チエ　……だけど、私は健康なの。元気なの。平気なの。たのしいことはたのしいの。いけない？
テツオ　……。
チエ　そんな顔しないでよ。どうして男の人はこの話聞くと、自分が責められてるような顔するのかしら。
テツオ　話したのか。
チエ　つきあった人にはね。
テツオ　……。
チエ　前に話したとき、もしもそんなことがあっても俺は気にしないって言ってくれたわね。真に受けてなかったんだろうけど。
テツオ　……。
チエ　あなたが気にするかどうかを私が気にする、そう思ってるわけね。
テツオ　……。
チエ　男の人はだいたい気にするでしょう。今までに何人くらいとつきあったとか。言わなくていい？
テツオ　……言うな。
チエ　どうして言わなくていいの。あんな体験を話させといて、他のことはいいの？　言ってあげるわよ、何人と寝たか。十五以上二十以下。それでいい？
テツオ　……。
チエ　多い？　少ない？
テツオ　……なんだその以上以下って。

チエ　無理やりされたのも数に入れるの。
テツオ　……入れなくていい。
チエ　じゃあ十六よ。あなたで。
テツオ　……。
チエ　多いと思ってる。
テツオ　……いや。
チエ　思ってるわよ。顔に書いてある。だけど私、正直なだけよ。今どき三十過ぎで独りだったらふつうよ、そのくらい。……ええ、ちょっと自棄《やけ》になった時期もある。押しの強い人に迫られたら、なんだか面倒になってきて、構わないかって気がしてきちゃって。……でも私、いっぱいセックスするのが悪いなんて思わないわ。ちゃんとしたセックスを知らないで死ぬよりましでしょ。
テツオ　……。
チエ　わかったわ。あのことは数に入れない。セックスじゃない。
テツオ　……ああ。
チエ　じゃあなに。
テツオ　……事故だろう。
チエ　地下鉄サリンや震災と同じ。

テツオ　……そうだ。
チエ　そうね。私は生存者。コンクリ詰め殺人やアベック誘拐に比べたら、生きて帰っただけでも喜ぶべきなのね？
テツオ　……。
チエ　……私だけじゃないのよ。世界じゅうで何千万人もそんな目に遭ってるのよ。サンフランシスコじゃ四人に一人だって。……だけどなんで私なの。一生誰にもぶたれずにすむ人だっているんでしょう。
テツオ　……。
チエ　私、好きな作家がいたの。
テツオ　……日本の。
チエ　うん。
テツオ　こないだ買ってた……。
チエ　違うわ。もう買わないもの。
テツオ　……。
チエ　そいつは言ったのよ、講演会で……。そう、私、そいつの本、持っていったのよ。今まで持ってた本なのに、わざわざ新しく買って。サインしてもらおうと思って。そうしたらそいつが言うのよ。自分がものを書くについては幾つかルールがある。

まず、夢の話をしない。……夢ォチのことよ。それから、精神異常者は出さない。……不妊の話はしない。幼児虐待は書かない。そこまではもっともだと思ったわ。……でもそいつはもう一つ言ったのよ。……レイプの話はしない。ポルノになるからだって。どんなに悲惨な状況でも、作品に描いてしまえばポルノになる。それはルール違反である。……ポルノなの、私は。ルール違反なの。それはつまり、ルール違反をする側の論理よ。そうでしょう。ルール違反をされてしまったら、されてしまった人間は、どうすればいいの。

テツオ　……それは、誰かが代弁するんじゃなくて、当事者でなければ言えないと思ったからだろう。

チエ　当事者に言えっていうの。

テツオ　君は言ってる。

チエ　あなたにはね。

テツオ　……。

チエ　当事者でなければ言えないなんて、嘘だわ。

テツオ　……そうか。

チエ　あなたが私と結婚するでしょ。それで、あなたの家族や親戚やお友達にちゃんと紹介するの。この人はこういう人ですって。それで、誰かにこのことを訊かれたら、えぇ、確かにそんな体験もしました。……自分から言うことはないわ。でも隠すのは嫌なのよ。だから訊かれたら言うわ。ちゃんと言うのよ。ごまかさずに。あなたもそうして。私を代弁して。私じゃなくても言えるって証明して。ただの事故だって。

テツオ　誰も訊きはしない。

チエ　……そうね。

テツオ　……。

チエ　ミミズは偉いわ。あんなに無防備に生きてるのに、平然としてるでしょ。誰かに噛みつかれたら、自分自身を引き千切っても逃げて、生き延びるのよ。頭から三分の一が残っていれば、また元通りになれるから。

テツオ　……。

チエ　まだ信じられないの。あなたは証拠を見たじゃない。あのミミズ腫れ……。真っ赤になって、肉が盛り上がって、いつまでも膿んで、かさぶたを掻きむしったら、また盛り上がってきて……。

チエ、裾を捲って、大腿部の裏側を見せる。

チエ　……ここにあったのよ。もうどこにも見えない。やっと消えた。あなたと会ってから……。八年かかったわ。

テツオ、チエを抱き締め、大腿部の裏側を吸う。

チエ　そう。吸い取ってくれたのよね、あなたが……。あなたのからだのどこかにいるのね、そのミミズ。
テツオ　……わからない。
チエ　わからない。
テツオ　あの話を聞いたときは、まだ本気にしてなかった。
チエ　でも見たでしょう。
テツオ　いや……。暗かったし。
チエ　他にもあるわよ、証拠が。その晩着ていた洋服。あれをもう一度着てみればわかるわ。私がどんなふうにされたか。……どこかにあるのよ。どこかに。

チエ、ジュンイチの引越しのダンボール箱のひとつを開けてみるが、中身はない。

チエ　ワンピース……。エンジに近い赤の……。どこかにあるって、ジュンイチがそう言ったわ。

チエ、他の箱も開けて、中身を引っ張りだして探す。

チエ　……そんなにひどく破れたりしたわけじゃないの。途中から抵抗しなかったし、脱げと言われて自分で脱いだから。
テツオ　もういい。……もういいよ。（止めさせる）
チエ　信じてないのね。
テツオ　信じたくないよ。
チエ　信じられないほどひどい話で悪かったわね。だけど友達の奥さんと寝るほうが、よっぽどひどいと思うわ。
テツオ　その話はよせ。
チエ　あなた言ったでしょ。あなたのお相手が自殺するんじゃないかって、不安で仕方なかったって。そんなこと想像してどうするの。つきあってる相手に自殺されるなんて、最高の侮辱だわ。だけどそれを想像するのがたのしいのよ、あなたは。

テツオ　……。

チエ　何も根拠がないじゃない。そのせいであなたインポになったっていうけど。あなたがそう思いたいだけなんじゃないの。

テツオ　……。

チエ　……手を添えてもらわないと立たないくせに。とっととアメリカ行ってクスリ買ってきなさいよ。それともミミズを煎じて飲む？　試してみたら？　ミミズはエジプトでは媚薬だったらしいよ。

テツオ　……。

チエ　なんで黙ってるの。私にばかり喋らせないで。喋ってよ。

テツオ　……。

チエ　黙っている男の人はみんな怒っているように見えるの。ずっとわからなかった。怖かった。どうして男の人はいつもあんなに怒っているの。

テツオ　君はわかってない。

チエ　……。

テツオ　関係ないんだ。僕が君を求めてることと、そのこととは、なんの関係もないんだ。

チエ、テツオの股間に触れる。

チエ　……どうして。

身を離そうとしたチエのからだを捕まえるテツオ。
チエの首筋に唇を這わせ、甘嚙みする……。

チエ　私の話で興奮したの。私はポルノなの？

チエ、不意を突いて離れ、上手のドアの向こうに逃げる。
追うテツオ、ドアの隙間に足を挟んで閉められないようにする。

チエの声　……閉じこめるの、私を。

テツオ、急に悲痛な顔になり、足を外す。
ドアは開いたまま。

間。

テツオ　……入ってもいいか。

テツオ、中に入った。

テツオの声　……君のにおいがする。

ドアが閉まる。

雨、さらに激しく……。

無人の部屋の向こう、裸電球に照らされたミミズの場所の傘だけが、艶やかに濡れていて……。

間。

どのくらいの時間が経過したのか……。

雨、やや小降りになる。

ジュンイチ、キミコ、来る。

キミコ　……なんでチャイム鳴らさないの。
ジュンイチ　鳴らさなくていいんだよ。鍵持ってるんだから。
キミコ　私んちは鳴らす。
ジュンイチ　……いないのかな。
キミコ　そんなに慌てて帰ってこなくたっていいじゃない。……駅前にあったでしょ、飲んだりできるところ。
ジュンイチ　どうしてついてくる……。
キミコ　あのまま帰しちゃうわけ。
ジュンイチ　……。
キミコ　招待してくれたんじゃないの、ご家族で。
ジュンイチ　ついでなの、君は。
キミコ　えー。
ジュンイチ　おまえ、飯食いに行って、お子様ランチ頼むのやめろよ。
キミコ　なんでいけないの。定食の一種よ。
ジュンイチ　……断られたことあるだろ。

キミコ　断られなかったわ。
ジュンイチ　……。
キミコ　断られないうちは安心なの。
ジュンイチ　なにがだよ。
キミコ　……あのお店おいしかったけど、ちゃんと日の丸の小旗あるのがいいな。

ジュンイチ、部屋の中の引越し荷物類を眺め渡す。

キミコ　……気になるんでしょ。お姉さんたちがどうしてるか。
ジュンイチ　……。
キミコ　やっぱり似てるわね。あなたとお姉さん。
ジュンイチ　なにが。
キミコ　私やオガワさん来てるのに、引っ込んじゃって……。
ジュンイチ　……。
キミコ　甘えん坊なのよ、ふたりとも……。

ジュンイチ、キミコの腕を摑んで強引にキスしようとする。

キミコ　……そんな気になれない。

　ジュンイチ、乱暴にキミコの頭を掴み、自分の方を向かせようとする。

　キミコ、ジュンイチをひっぱたく。

キミコ　いやっ。

　ジュンイチ、怯《ひる》まない。

　キミコ、逆にジュンイチの手首を返して締めあげる。

ジュンイチ　なんなんだよ……。

キミコ　少林寺よ。護身術のキホンのキ。

ジュンイチ　……。

キミコ　少し鍛えたらどう。喧嘩がヘタだとセックスもヘタだっていうわよ。

　キミコ、ジュンイチの手を放す。

キミコ　ムキにならない。
ジュンイチ　……なってないよ。
キミコ　どうなってるの、この部屋。ほんとに、あのアパートみたいになってきてる。
ジュンイチ　……。
キミコ　あのひとのにおいがする。
ジュンイチ　……。
キミコ　妬いてないよ。
ジュンイチ　……。
キミコ　……私のこと、どう思ってる？
ジュンイチ　……どうって。
キミコ　好きなの？
ジュンイチ　好きだよ。
キミコ　ぜんぶ？
ジュンイチ　だいたいかな。
キミコ　ぜんぶでなきゃだめ。
ジュンイチ　……臍のゴマもか。

キミコ　そうよ。
ジュンイチ　……臍のゴマも好きだ。
キミコ　ほんとに。
ジュンイチ　……ああ。

キミコ、泣く。

ジュンイチ　なんで泣くんだよ。
キミコ　……さっきの店で取ったのよ。
ジュンイチ　……ゴマを。
キミコ　そう。
ジュンイチ　……それでトイレ長かったのか。
キミコ　あっさり取れたわ。
ジュンイチ　どうやって。
キミコ　ピンセットで。
ジュンイチ　持ち歩いてるのか、ピンセット。
キミコ　七つ道具の一つよ。

ジュンイチ　……。
キミコ　ちょっと後悔してる。……ぽっかり穴が開いたみたい。
ジュンイチ　なにもあんなところで。
キミコ　……。
ジュンイチ　見せてみろ。
キミコ　いや。
ジュンイチ　……。
キミコ　はじめから知ってるのよ。私って、絶対にあなたが好きになるようなタイプじゃないでしょ。……なんで私なの。からかってるの？
ジュンイチ　……なに言ってんだよ。
キミコ　私、離れてても平気だと思ってた。あなたが盛岡にいても。新幹線に乗ったら会いに行けるし、遠距離恋愛て、なんかいいじゃない。
ジュンイチ　……。
キミコ　一緒に東北のいろんなとこ、まわれるし。……私、旅行、好きでしょ。
ジュンイチ　雑誌やガイドマップ付きの旅なんて、旅行じゃないよ。
キミコ　……そう言うと思った。
ジュンイチ　……。

キミコ　離れたところにいて、あなたのこと考えるのも好きだった。
ジュンイチ　……盛岡に来いよ。
キミコ　あんまり本気で言ってないみたい。
ジュンイチ　本気。
キミコ　私でいいの？
ジュンイチ　……ああ。
キミコ　盛岡三大麺ていうのがあるんだって。
ジュンイチ　……。
キミコ　麺類のメン。わんこそばだけじゃないの。冷麺に、ジャージャー麺。
ジュンイチ　食べに行こうよ、毎日。日替わりで。
キミコ　……見る？　お臍のゴマ。
ジュンイチ　……なに。

キミコ、ハンカチの包みを渡す。
ジュンイチ、そっとハンカチを開く。

……何もない。

ジュンイチ　……。
キミコ　騙された。
ジュンイチ　ほんとは取らなかったの。
キミコ　……あなた、いつか言ってたよね。女の人にふられたことないって。
ジュンイチ　……ふったこともないよ。
キミコ　自然消滅に持ちこむのがうまいとか、そう思ってるんでしょう。
ジュンイチ　……。
キミコ　サイテー。
ジュンイチ　……あぁ。
キミコ　私がふってあげる。あなたの将来のために。
ジュンイチ　……本気で言ってるの？
キミコ　わかんない。とにかく今日はそう思うの。
ジュンイチ　……。
キミコ　追っかけないで。たぶん、追っかけられるとほんとになる。
ジュンイチ　……ああ。
キミコ　バイバイ……。
ジュンイチ　おやすみ……。

ジュンイチ、動かない。

キミコ、去る。

静寂。

雨は止んだのか……。

ジュンイチ、玄関の方に行きかけるが、そこにもう誰もおらず、扉も閉まっていることを確認して、戻る。

ジュンイチ　……やっぱりヘンだよ。ドア閉まる音しないのって。
上手の部屋から、喘ぎ声が微かに聴こえている。

ジュンイチ　……。
ジュンイチ、ミミズの灯を見つめている。

暗転。

4

夕方。
それまでにはなかったレースのカーテンが半分ほど引かれていて、風に揺れている。
……室内の荷物がさらに増えている。
明らかに女物の箪笥、カラフルな掃除機。
チェストの上蓋が開いて鏡台になっている。
エンジに近い赤い色のワンピースを着ている女……、カズミ。
鏡に向かう後ろ姿は、まるで自分の部屋にいるかのよう……。
カズミ、新たに荷物を開く。
そして、さらに「部屋」の体裁を整えていく……。
チャイムの音。
反応しないで作業を続けるカズミ。

テツオ、入ってくる。

カズミの後ろ姿をしばらく見つめている。

テツオ　……誰です。
カズミ　……。
テツオ　窓が開いてたんで、誰かいると思って、来てみたんです。ベランダ越しに見えたんです、その赤……。ワンピースの色です……。
カズミ　……。

カズミ、バードコールを弄ぶ……。

鳴り始める、擬製の鳥の囀り……。

テツオ　背格好も髪形も似ている。……チエさんにです。だけどチエさんじゃない。すぐにそう思いました。どうして自分がそんな確信を持ったか、それは今わかりました。……チエさんは、赤が嫌いなんです。赤は絶対に着ないんです。
カズミ　……そうね。きっとそうだわ。
テツオ　……。

カズミ　私も着ないのよ、赤は。あのひと、赤が嫌いだから。……ええ、全部あのひとの言うとおりにしたわ。化粧は薄めに。爪は伸ばさず。パーマはかけない。そんなに細かく指図されたわけじゃないのに、あのひとの言うほうに、あのひとの気にいるように、少しずつ変わっていったわ。……だけど、あのひとのお姉さんを見てわかった。ああ、このひとだ。あのひとが言っていたのは、このひとのことだ。このひとみたいにすればよかったんだって。

テツオ　……そのワンピースは、どうしたんです。

カズミ　どうしてあのひとの荷物の中にワンピースがあるのか、どうして押し入れの奥に隠してあったのか……、それがわからなかった。

テツオ　……カズミさん、ですね。

カズミ　ええ。

テツオ　……ジュンイチ君、明日盛岡に発つんでしょう。

カズミ　……。

テツオ　家の人は。

カズミ　……知りません。

テツオ　どうやって入ったんです。

カズミ　……合鍵です。

テツオ　……合鍵。
カズミ　つくっておいたんです。
テツオ　勝手にですか。
カズミ　だって仕方ないじゃないですか。相手にされなくなって、一人残されて、それでも万が一戻ってくるんじゃないかと思って、待って、待ち続けて……。でも私、いつかそんなときがくると思って、それで合鍵をつくったわけじゃない……。
テツオ　ここはあなたの部屋じゃない。
カズミ　……あなたは、お姉さんと結婚するの？
テツオ　……そのつもりです。
カズミ　……。
テツオ　そのワンピースは、チエさんのです。
カズミ　……。
テツオ　……脱いでください。
カズミ　……いやです。
テツオ　なぜ。
カズミ　……。

テツオ、ワンピースに手を掛ける。
震えるカズミ。
テツオ　お願いです。
カズミ　いやっ……。
カズミ、逃れようとする。
テツオが強く引いたわけでもないのに、ワンピースの一部が裂けてしまう。
テツオ　……。
カズミ　……（笑って）いちど裂けた跡があるんです。繕ってあるけど、縫い方が甘いから。たぶんあのひとがやったんです。あのひと、小学校の家庭科の裁縫箱を、今もだいじに持ってるんです。ええ、ボタン付けくらいだったらするんですよ、自分で。だけど下手すぎるわ、これ……。
テツオ　返してください。
テツオ、じりじりと近づく。

カズミと接近する。

カズミ　……。

テツオ、ゆっくりとワンピースを脱がせる。
カズミ、震えている。
テツオ、丁寧に、カズミの肌にほとんど直接触れないで、ワンピースを脱がし終わった。

テツオ　……これは私が預かります。

テツオ、ワンピースを自分の小振りの鞄に押し込んでしまう。

カズミ　私、怖いんです。
テツオ　……私もです。
カズミ　……誰かと別れるでしょ。もう二度と会いたくないと思っても、ばったり出くわしたり、擦れ違ったりするじゃない、……すごくいやで、つらいだろうと思ってたら……、ぜんぜん平気でしょ。平気なのよ。むしろ懐かしくなってきたりする。
まるでいい思い出みたいに。……そんなに平気になっちゃうってことが、怖いの。

テツオ、近くの箱からジャンパーを見つけて、カズミに羽織らせる。

テツオ　ジャンケンにしましょう。あなたが勝てば私が。私が勝てばあなたが諦める。
カズミ　……どうして。
テツオ　いいから。……さあ。
カズミ　……。
テツオ　ジャン、ケン、ポン。

二人、ジャンケンをする。
カズミが勝つ。

テツオ　……帰ります。
カズミ　待って。
テツオ　……。

カズミ　勝ち、譲ります。
テツオ　……どうして。
カズミ　勝ちを譲れたら、納得できるんです。

チャイムの音。

カズミ　それで諦めがつきます。
テツオ　……。
カズミ　……譲らせてください。
テツオ　ひどい男でしょう、私。こんなことをジャンケンで決めようとしたんですよ。
しかも心のどこかで、負ければいい、そう思ってた。
カズミ　譲っていいんですね。
テツオ　……わかりました。
カズミ　ありがとう……。
テツオ　……押しが強いんですね。
カズミ　ええ……、私、会社に行くと強いんです。三大女傑に数えられています。
テツオ　ひとつ、約束してください。

カズミ　はい……。

テツオ　……あのワンピースのことは秘密です、私とあなたの。そうしないと無効ですよ、今のジャンケンは。……いいですか。

カズミ　……はい。

入ってくるジュンイチ。

カズミとテツオ、ジュンイチと見合う。

間。

カズミ　チャイムを押すようになったの。

ジュンイチ　……習慣を変えたんだ。

テツオ　お邪魔してます……。

ジュンイチ　……何してるんです。

カズミ　おかえりなさい……。

ジュンイチ　おかえりなさいって……。

カズミ　あなたの部屋でしょう……。

ジュンイチ　僕は出たんだよ、あの部屋は。明日は、またここを出て行く。
カズミ　……。
ジュンイチ　（テツオに）あなたはどうして？
テツオ　お姉さんに伝えてください。……待っているって。
ジュンイチ　……待っている。
テツオ　私はもう伺いません。……あなたの方から来るべきなんだ。
ジュンイチ　あなたの方から来るべきなんだ。
テツオ　……秘密を持ってください。
ジュンイチ　……。
テツオ　秘密はあっていい。嘘もいい。ぜんぶ喋る必要はないんだって。
ジュンイチ　……。
テツオ　アソビが要るんです。バネに、ブレーキに、ハンドル……、精密につくられているはずのものにも、ぜんぶアソビがあるでしょう。……呼吸だってそうだ。どんなに息を吐いたって、からだの中からぜんぶの息を吐ききることはできない。アソビの部分がないと、たぶん私たちは生きていけない。だからあなたは私に対して秘密を持つべきなんだ。そしてそのことを、少しも後ろめたく思う必要はない。秘密も、嘘も、私たちが生きていくのに必要なアソビなんです。……いいですか。

ジュンイチ　……覚えきれません。
テツオ　あなたが思った通りでいいです……。
ジュンイチ　……。
テツオ　お願いします。
ジュンイチ　……それを言うために来たんですか。
テツオ　いいえ。どうしていいかわからないまま、来ました。
ジュンイチ　……。
テツオ　……それじゃ。私は行きますから。

テツオ、去る。
カズミ、ベランダに出る。
ガラス戸を閉めてしまう。

ジュンイチ　……なにしてるんだ。

ジュンイチ、ガラス戸を開ける。
カズミ、ベランダの手摺りまで逃げる。

カズミ　私、あなたを脅迫しているのよ。どうして怯えるの。私が怯えるの。どうして。
ジュンイチ　……。
カズミ　こっちに来ないで。

カズミ、羽織っていたジャンパーをジュンイチに投げつける。
ジュンイチが怯んだ隙に、カズミ、手摺りの上に立つ。

ジュンイチ　おい……。

カズミ、よろめく。
ベランダの端に垂直に通っている排水パイプにしがみついて、かろうじて持ちこたえる。

ジュンイチ　よせよ……。
カズミ　……あなたは、どんなひとと結婚するの。
ジュンイチ　……。

カズミ　答えて。
ジュンイチ　……わからない。
カズミ　……。
ジュンイチ　……誰かと住むとか、なにか約束するとか、僕には、そういうことがわからないんだ。
カズミ　さみしいのね。
ジュンイチ　怖いとか、さみしいとか、そういうことが理由で誰かと一緒にいたいなんて思わない。
カズミ　そんなふうに考えてると、ほんとうに一生独りだわ。
ジュンイチ　いいんだ、それでも。
カズミ　盛岡に行かせてくれって、会社に言ったのは、あなた？
ジュンイチ　そう。
カズミ　……どうして。
ジュンイチ　そうした方がいいと思った。家を出たときと同じだ。
カズミ　好きじゃなかったの、私のこと……。
ジュンイチ　好きだったよ。
カズミ　……どんなふうに。

ジュンイチ　たぶん、ミミズみたいに。
カズミ　ミミズ。
ジュンイチ　僕の目の前には、君しかいなかった。
カズミ　……なにそれ。
ジュンイチ　いけないいか。
カズミ　……あなたの話を聞いてよくわかったわ。……私も同じよ。私もあなたのことを、そんなふうに好きだったのよ。これですっきりした。
ジュンイチ　……そう。
カズミ　でも、それはあなたが相手だったからよ。……私は変わるの。私、他に好きなひとが見つかるわ。
カズミ、ミミズのコンポストの最上部をベランダから地上に落とした。
ジュンイチ　おい……。
カズミ　……私はミミズじゃない。私はミミズじゃないの。ミミズは一生ミミズよ。……羽根が生えて飛んでいったりしないわ。

カズミ、三層を成すコンポストを、全て下に落とした。
カズミ、笑う。
笑い続ける……。

暗転。

5

同じ日の夜……。
風が吹いている。
空っぽのコンポストが、持てあましたように部屋の真ん中に置かれている。
コンポストは少しヒビが入っていて、テープで留めてあったりする。
そのそばに、タカシ、フミエ。

タカシ　……ぜんぶ捨てられたな、ミミズ。
フミエ　ええ。
タカシ　竹箒で集めて水で流してたけど、あんなことするより鳥が食い散らかしたほうが、よっぽど美しいよ。
フミエ　……。
タカシ　結構生きのびて、まだ這ってるやつもいたのにな。

フミエ　ミミズはそう簡単に死にませんよ。共食いしてでも生きのびるんですから。
タカシ　だけど、燃やされるんじゃないか。生ゴミの袋に詰めてただろう、あいつら。
フミエ　……。
タカシ　（コンポストを弄び）こいつはどうする。捨てるのか。
フミエ　区民菜園に寄付することにしました。ミミズなしのコンポストにも使えるから。
タカシ　ふーん。
フミエ　ついてきてくれるのよ、サカモトさんが。まあ確かにクルマで運んだほうが楽だから。
タカシ　監視するつもりじゃないのか。ちゃんと渡したかどうか。
フミエ　そうかもしれませんね。
タカシ　ベランダで何かするにも自由がないのか。文句を言うべき相手は他に幾らでもいるだろう。……あいつらは世間がいったいどうなっていようと、自分んちの庭じゃなきゃ平気なんだ。
フミエ　あなたにしてはあっさりと引き下がりましたね。……やっぱりミミズが嫌いだから。
タカシ　うっかり倒してしまっただけということにしたが、あれじゃないか……。カズミさんがミミズを投げ捨てるのを見たって人がいたろう。

フミエ　ナイトウさん。
タカシ　いろいろ追及されるのはあれだからな。……警察まで来てたじゃないか。
フミエ　ええ。
タカシ　あれは最近、俺の自転車を止めて、職務質問してきた巡査だ。
フミエ　防犯登録の番号を言えばすむんでしょう、ああいうのは。逆にやりこめていじめたんでしょう。
タカシ　まあな。
フミエ　なんにもなりませんよ、そんなことしても。
タカシ　……不甲斐ないと思ってるんだろう。
フミエ　なんです。
タカシ　取り下げたからな。あっちのほうの告訴も。
フミエ　私、初めから反対でしたから。
タカシ　チエが痴漢に遭ったときも、俺が警察に届けると言ったら、おまえは反対したな。
フミエ　ええ……。
タカシ　……。
フミエ　もうすぐ二十年ですよ、ここに越してきて。

タカシ　また二十年か三十年……。一生ここに住むのか、俺たち。
フミエ　住むんですよ。
タカシ　おまえがこれを買ってきたとき、思った。……ミミズを最後に見たのはいつだったかなって。
フミエ　さっき、見たでしょう。地面に潰れてたのを。
タカシ　……ああ。
フミエ　いやな感じだった？
タカシ　……平気だった。いや、懐かしかった。もう随分のあいだ、ミミズなんて身近にはいないような気がしてたから。……子供の頃はよく見たよ。雨が降った後なんか、よく畔道《あぜみち》に出てきて、這ってた。道路で潰れたり干からびたりしてるのにも出くわした。
フミエ　よく見てるといますよ、東京も。ブロックの隙間やアスファルトの罅《ひび》割れから、顔出してます。
タカシ　……ずっとベランダにいるのか、ジュンイチは。
フミエ　ええ。
タカシ　……。
フミエ　行っちゃうんですね、あの子……。

タカシ　ああ。
フミエ　またバラバラですね……。
タカシ　一緒に住んでいるときだって、バラバラだったんだ。バラバラじゃないと勘違いするからうるさいんだ、親というものは。
フミエ　……なんだかんだ言って、親子は会いますよ。きょうだいは家を出ると、そう滅多に会いません。特に、男と女の兄弟は。
タカシ　……ああ。

タカシ、立ち上がる。
また所在なく座る……。

タカシ　最近、飯を食べ残すとき、いや、飯を食べながら、ミミズのことを考えるようになった。頼もしかった。飯を食べているだけなのに、自分は独りでここにいるわけじゃないんだって、そんな気がした。大きな環のなかにいるというか……。
フミエ　そうですか……。

タカシ、押し入れを開ける。

押し入れの下の方を見て、

タカシ　百科事典とラテンアメリカ全集を手放す。……ここでミミズを飼おう。

フミエ　あなた……。

タカシ　ベランダは見張られているかもしれんだろう。

タカシ、ベランダに出る。

ベランダの端にいるらしいジュンイチに声を掛ける。

タカシ　いつまでも外にいると、風邪引くぞ。

タカシ、ベランダの下手端にあるらしい物置の奥から金盥《かなだらい》を取り出して、部屋に戻ってくる。

タカシ　この盥だ。……土を盛って、ミミズを入れる。

フミエ　……。

タカシ　憶えてるか。

フミエ　……ええ。
タカシ　あいつらの行水用だった。……こんなにちっちゃかったんだ。
フミエ　……。
タカシ　なにか使ってるのか。
フミエ　いいですよ。洗濯物の浸け置きくらいだから。
タカシ　ミミズが増えてきたら、水槽を買おう。……なに、しばらくしたらほとぼりもさめるだろうし、金魚を買うことにしたっていえば、誰も怪しまない。
フミエ　水槽だったら、あれですね。毎日眺められますね、ミミズが成長しているところ。
タカシ　……見よう。俺も毎日、見守ろう。今度は、生ゴミを処分するためなんかじゃない。飼うんだ。俺たちが飼いたいと思うから、飼う。夏に向けて、網戸を買い替えよう。古い網戸で、上の覆いを作る。
フミエ　思い出しますね。
タカシ　……なに。
フミエ　昔、ニトログリセリンの瓶を預かったじゃないですか。……こんな箱に入った。
タカシ　あぁ。
フミエ　君たちのような穏健な家庭生活を送っているところなら捜査の手も届かないだ

ろうって。
タカシ　……。
フミエ　チエが間違って開けてしまわないかって、それが心配でした。
　タカシ、こらえきれないように笑いだす。
フミエ　なに。
タカシ　……あれは違うんだ。
フミエ　……え。
タカシ　ニトロじゃないよ。
フミエ　なんです。
タカシ　……そんな、ニトログリセリンなんか預かるわけないだろう。小さい子のいる
　家だぞ。
フミエ　……ひどいわ。
　タカシ、笑い続ける。

フミエ　違うわ。あなた、ごまかそうとしてる。そういう笑いよ。……ほんとはどっちなの。

タカシ、笑いながら立ちあがる。

タカシ　うちのミミズ、生ゴミの袋に詰められただろう。あれはどこにあるんだ。
フミエ　集積場じゃないですか。
タカシ　あそこか。
フミエ　私たちが取りに行くのを見越して、裏の方の集積場にしたかもしれません。
タカシ　いったん誰かの部屋に隠してるってことはないか。
フミエ　どうでしょう。
タカシ　とにかく、ミミズを探しにいこう。集積場になかったら、掘り返せばいいんだ、公園でも、植え込みでも。土のあるところ、必ずミミズはいる。そうだろう？
フミエ　だって、夜ですよ。
タカシ　どのみち自分たちで掘り出すしかないんだ。業者から買って、足がついてはいけない。
フミエ　……ええ。

タカシ、コンポストと一緒にあった小さいスコップとビニール袋を手に取る。

フミエ　……ひとつ、お願いがあります。
タカシ　なんだ。
フミエ　……一緒に歩くとき、もっとそばに寄ってください。
タカシ　……。
フミエ　私、男の人に寄り添って歩くのがうまいの。昔、よくそう言われました。
タカシ　誰にだ。
フミエ　あなたよ……。
タカシ　……。

タカシ、フミエ、部屋の電気を消し、玄関から出て行く。
月の光が残る。
ジュンイチ、ベランダを歩んで来る。
ミミズのコンポストがあった位置に、立ち尽くす……。

そっと上手のドアが開いて、チエが出てくる。
椅子に座り、その上に足も載せ、うずくまる。
ジュンイチ、部屋に入ってくる。

チエ　……電気つけないで。
ジュンイチ　……ああ。
チエ　あれは私が始めたのかしら。
ジュンイチ　……なに。
チエ　夜、二人きりでお留守番したとき、必ず電気消したでしょ。
ジュンイチ　……あぁ。
チエ　中学に上がる前……。
ジュンイチ　あの頃は、兄貴のいる奴が羨ましかった。ふだん乱暴にしてるから喧嘩も強いし、男のことはいろいろ教えてもらえる……。
チエ　私はずっと自慢だった。あなたのこと……。

チエ、自分で大腿部の裏側を撫ぜて、

チエ　こんどあなたが帰ってきたときは、私はいない。もう絶対にこの家で、二人きりで会うことはない。……そんな気がする。

ジュンイチ　……。

チエ　……やっぱりミミズ、出て行ってない。からだの中に染み込んで、動いてる。……私の中にいるのよ。

ジュンイチ　……。

チエ　あなたといると安心……。私って、ひどい目に遭うたびに、息ができなくなって、あなたに会って初めて、息を吹き返したの。……でも、自分勝手ね。頼るほうはそれで楽になるけど、頼られたほうはどこにも逃げ道がない。

ジュンイチ　僕はただ、姉さんの話を聞いただけだ。何もしてあげられないし、その資格もない。

チエ　あなたにそう思わせることで、私は少しほっとしたのよ、こんな私もまだ誰かに影響を与えることができるって。あなたが、私のことで本気なんだって。

ジュンイチ　僕が帰ってこなけりゃ、いろんなこと思い出さずにすんだ？

チエ　抱いて。あの時みたいに。きっとよく眠れる……。

そっと抱きあう二人。

……ある瞬間、火がついたように互いに求めあう。

ジュンイチ、チエのからだに貪りつく。

応えるチエ。

二人、立ったまま抱きあい、脱がしあう。

チエ、捲り上げられたトレーナーが顔に被さって、周囲が見えない。ジュンイチ、そのチエの胸をまさぐる。

チエ　だめ。……だめよ。

チエ、身を捩《よじ》って逃れる。

チエ　そこにいて。

チエ、自分で脱いでいく。

離れた位置で見守るジュンイチ。

……青みを増した月の光に、一糸纏《まと》わぬチエの裸身が浮かぶ。

チエ　ちっちゃくなったでしょう、胸。……バストのピークは五年前。これが現実なのよ。確実にからだはしなびてくるわ。

雲が流れたのか、月の光がざわめく。

ジュンイチ、少しずつチエに近づいてくる。

チエ　……だめ。そこにいて。

チエ、逃れようとするが、その場に膝をついてしまう。

ジュンイチ、ゆっくりとチエのからだを横たえ、からだを重ねようとする。

チエ　それ以上はやめて……。

チエ、仰向けのまま、逃れる。

チエのからだ、頭の方角に少しずつずれていって……、

ジュンイチ、まっすぐにチエを見つめている。

チエ、逃れることを止める。
ジュンイチも、深追いはしない。
見つめあい、いったん諍いを止める二人。

チエ　あなたよ。……あなたが後悔するから。

ジュンイチ、静かに首を振り、ゆっくりとチエの中に入る。
チエ、一瞬硬直し、やがて深い吐息を漏らす……。

チエ　……動かないで。
ジュンイチ　……。
チエ　動かないで……。そのまま……。

二人、しばらくそのままじっとしている。

チエ　じっとしていましょう、このまま……。なにも考えないで……。地面に引っ張りだされたミミズが二匹取り残されている……、それだけ。

ジュンイチ　……。
チエ　……ああ。（官能が走る）
ジュンイチ　このまま死ぬのかもしれない……。
チエ　……。
ジュンイチ　日が昇って、干からびて……。
チエ　わかってたわ、いつかこうなるって……。

二人、接吻する。

チエ　……私たち、よく似てるって言われた頃、あったわね。
ジュンイチ　ああ……。
チエ　いやだった？
ジュンイチ　いやじゃなかった……。

微かに、鳥の声がする。

チエ　……誰が鳴らしてるの。

ジュンイチ　……バードコールじゃない。あれは本物の鳥だ。
チエ　……（むしろ歓びの中で）見つけられる。見つけられるわ、ここにいるって。食べられるわよ、私たち。
ジュンイチ　……。
チエ　きっと食べられる……。

二人、見つめあう……。
夜の鳥の声、遠く、近く……。

暗転。

6

春の陽光……。

ベランダに通じるガラス戸は開け放たれ、暖まった空気が流れてくる。屋内にまで入り込んだ強い陽射し……。

引越し荷物が堆く積まれていた部屋には、もう何も残されていない。

彼方に、微かな小鳥の囀り……。

台所の方にいるフミエ、歌っている。

フミエ　（歌う）小鳥はとっても歌が好き　母さん呼ぶのも歌で呼ぶ　ピピピピピチチチチチ　ピチクリピィ……

エプロン姿のフミエ、ボウルの中のものをヘラで掻き混ぜながら、来る。

フミエ　スペシャルメニュー用意したわ！　リンゴにピーナツ、潰した卵の殻。ペーハーバランスを調節したのよ。あなたたちの健康のために。昨日の晩御飯はイタリアンだったからあんまりあげられなかったけど……、だってニンニクや玉葱は刺激強すぎるんですから、あなたたちには。

フミエ、押し入れを開ける。
覆ってある大きめの布巾を外し、ボウルの中のものを盥に入れる。

フミエ　さあ御飯ですよ……。

フミエ、作業を終えると、エプロンのポケットから携帯電話を取り出す。
「ちゃんと登録してあるんだ……」と歌うように言いながら、ワンタッチのボタンを押す。
……電話が掛かった。

フミエ　……（受話器に）どうしてうちからってわかったの。

フミエ、にっこりしてしゃがむ。

フミエ　……ああ、曲でわかるのね。何の曲鳴るようにしてるの、うちからだと。ええ、もうちょっと品のあるのにしてよ。……「トロイメライ」とか、「エリーゼのために」とか。……あ、ちょっと、電波入りにくい。でも、やっぱりあると便利よ、携帯電話。……こっちは暖かいわよ、まだ四月なのに、夏みたい。……あぁ、姉さん。(上手の部屋のほうを見て) まだ寝てる。ほんとにどうしようもないわ。

フミエ、押し入れの中を見る。

フミエ　育ってるわよ。

チャイムが鳴る。

フミエ、押し入れを閉めて、玄関へ。

……誰もいなかったらしく、すぐに戻って来る。

フミエ　……また悪戯。チャイム鳴らす人いるんだけど、何度出ても誰もいないの。最近増えてるのよ。そう。今日も三十分くらい前から何度か……。すぐ帰ってきてって言っても、盛岡からじゃ無理よね……。

ドンドンドン……、今度は、玄関の扉を叩く音。

フミエ、玄関へ……。

フミエの声　誰!?　いいかげんにしなさいね！

フミエ、戻ってくる。

フミエ　警察に届けろ?……そんなことしてまたマンションの人になんか言われるのイヤでしょう。……（上手の部屋に）チエ、ジュンイチと話してるのよ。

フミエ、上手の部屋に入って、すぐに出てくる。

フミエ　……あれ、どうしたのかな。いないのよ、お姉さん。空っぽなの。……もしもし。もしもし。……あれ。

電話がとぎれたらしい。

ドンドンドン……、玄関の扉を叩く音。

その、鋼鉄の扉を叩く音が鳴りやまない。

フミエ　……冗談はやめてよ。

幻だろうか……、羽ばたきの音と共に、巨大な鳥類の影がベランダの外を過《よぎ》ったような……。

不安気に振り返るフミエ。

携帯電話を掛けるが、呼出し音にならないのか、放り出す。

ドンドンドン……、鋼鉄の扉を震わせるような音。

鳴りやまない。

フミエ　……なにもしないで。

フミエ、万歳するように、緩やかに手を掲げる。

頭の後ろで組み、肘を上げる。

タカシがやってみせたのと同じ「非暴力のポーズ第二」の姿勢……。

フミエ　お願いだからなにもしないで……。

玄関を叩く音、激しく鳴り続けて……。

暗転。

※参考文献
中村方子『ヒトとミミズの生活誌』（吉川弘文館）、
チャールズ・ダーウィン『ミミズと土』（平凡社）、
渡辺弘之『ミミズのダンスが大地を潤す』（研成社）他

屋根裏のメタファー

（劇作家・演出家）

ロジャー・パルバース

ポーランド現代演劇を代表する演出家の一人であったタデウシュ・カントール（Tadeusz Kantor［一九一五 - 一九九〇］）が、一九七八年にオーストラリアのアデレードを訪れたときに、ぼくはひどくびっくりすることを言われた。

「自分で自分の芝居の舞台装置を考えたり作ったりしない演出家を、ぼくは認めない。芝居を演出する者は、舞台装置も考案するべきだ」

ぼくは芝居の演出をするが、舞台装置を考案するようなことはしない（というか、それはできない）から、それから二十九年間、カントールのこのことばが何度も頭をよぎった。しかし、坂手洋二作・演出による燐光群『屋根裏』を梅ヶ丘BOXで観ているときは、このことばが頭のなかでずっと鳴り響いていた。坂手洋二という演出家は、自分で自分の舞台装置を考案するだけではない。芝居そのものを、舞台装置が比喩的に象徴する世界に変えてしまう。

『屋根裏』は、まさに屋根裏を思わせるおよそ二メートル平方のスペースで、すべての芝居が進行する。「屋根裏」であるから天井も低く、それは斜めに傾いている。もちろん、その狭い空間は、それぞれの状況や場面に応じて、異なる場所に変化する。二人の刑事が張り込む場所になったり、デパートの売り場になったり、山小屋になったり、エレベーターのなかになったり、戦場になったりする。

そしてこの独特の舞台装置は、注目すべき要素を二つ備えている。この二つの要素が、『屋根裏』という芝居の主題と演出法（ドラマトゥルギー）を決定している。

その要素の一つは何かと言えば、芝居には「舞台装置は一つしかない」、それも箱が一つあるだけである、という事実だ。この一つの箱がいろんな役割をはたすとなると、観客はその場その場でいろんなことを想像しなければならない。場所が変われば、役者もさっきまでいた場所とは違うところにいる、と瞬時に理解しなければならない。しかし、そこが常に屋根裏であることに変わりはない。場面は常に変わるが、常にそこは屋根裏である。これがこの芝居のパラドクスだ。まさにこのパラドクスによって、芝居が比喩として象徴する世界は、時間と場所を超えて移動する。ほかでもない、このパラドクスによって、芝居が比喩的に象徴する世界は、一つの時間・場所から、別の時間・場所へと、すっと移動する。そこは同じ空間でありながら、同時に違う場所になる。

『屋根裏』の舞台装置が芝居の主題と演出法を決定するもう一つの要素は、この舞台空間の閉塞感だ。この舞台装置を使うことで、舞台空間は非常に狭くなる。役者たちは必然的にそこに寝転んだり屈んだりしながら演じることになる。これによって舞台に親密な雰囲気が生まれる。役者たちはお互いに距離をほとんどおかずに、すぐそばで演じなければならない。どこにも逃げ場はない。そこから役者同士のあいだに親密感が生まれる。それによって思わぬユーモアがもたらされる。
「家庭訪問」の場面が特に好きだ。ハルヤマという女の先生が、ひきこもりの少女の屋根裏を訪ねる。どういうわけか、ハルヤマ先生はひきこもりの少女に自分の悩みを打ち明けてしまう。

少女　ほんとなの。先生よく保健室で寝てるって噂。
先生　ほんとよ。もう駄目なの私。自信ない。最低。
少女　そんなこと。
……
先生　私だっていじめられてるのよ。いじめは子供の世界だけだと思う？

坂手独特のねじれたユーモアが、ここで社会的なメッセージを伝えている。しかし、これについてはあとで論じたい。『屋根裏』の独特な舞台装置について、もう少し考えてみよう。

ぼくは、国際交流基金の取材で、二〇〇五年二月二十三日に坂手洋二にインタビューした (http://www.performingarts.jp/J/art_interview/0502/1.html)。そこで坂手は自分が役者たちに求めたいことについて、次のように述べている。

僕が長いあいだ興味をもってきたのが、言語の持っている「置き換える」という機能です。言葉を使った表現である演劇もまた、ある存在を別なものに移し替えるという構造を持っています。たとえば俳優は自分自身であるはずなのに、舞台上では別の役を生きなくてはならない。「私はコップです」と言えば、劇の中でその俳優はコップです。そして「コップこそが実在だ」と考えたら、俳優である「私」自身は、亡霊だということになります。人間が言葉を発明したことがすべての始まりです。俳優は、言語の機能と構造によって、別のものに置き換えられ、あるいは概念上の存在となるのです。俳優はこの「言葉」による「移し替え」「置き換え」の原則について認識することによって、無限の表現の可能性を獲得できるのです。そして舞台上の役柄じたいも、多層化する可能性を持っています。「複式夢幻能」は、その典型です。

「俳優は、言語の機能と構造によって、別のものに置き換えられ、あるいは概念上の存在となる」と坂手は言う。坂手洋二の『屋根裏』を読んで、ここに登場するさまざまな人物を思い描いてほしい。彼らははたしてどんな衣装を着ているのか、想像してみてほしい。ヘルメットをかぶっていたり、エプロンをつけているだけで、役者たちは自分を別の人物に「置き換える」ことができるし、それが概念として象徴するものにも変身できるのだ。

坂手洋二の『屋根裏』を読むときは、あるいは観るときは、この独特の舞台空間がどんなものであるか、常に心に留めておいてほしい。すべては屋根裏で起こる。屋根裏は非常に狭い空間だが、それは世界全体にもなりうる。ここでも坂手洋二の舞台空間のパラドクス効果が発揮される。それは非常に演劇的だ。規模や空間の大小に関係なく、大きな問題を考えさせるという点において、芝居は最大の効果を発揮する。これが芝居という芸術表現の最大の持ち味だ。芝居のこの持ち味を、坂手洋二は『屋根裏』で最大限発揮している。

二〇〇六年の一月下旬から六週間、坂手洋二はシドニーに渡り、オーストラリアの国立演劇学校（National Institute of Dramatic Art［NIDA］）の学生たちを指導し、『屋根裏』を英語で上演した。それは同大学の学生たちによる卒業公演として、三月に学内のパレード・スタジオ・シアターで上演された。ぼくは幸運にもその千秋楽の舞台を観ることができた。

それはあらゆる意味で素晴らしい芝居だった。そして観劇しながら、坂手の芝居がなぜ西洋の観客の心を動かすのか、考えてみずにはいられなかった。いかにも、坂手洋二は現代西洋演劇の演出家たちと肩を並べるすぐれた演出家だ。その芝居はイギリスの劇作家デイヴィッド・ヘアなどの芝居を彷彿させる。坂手は確かに西洋演劇の演出法や主題の提示の仕方に通じているが、しかし、日本の演劇の要素も常に感じさせる。

坂手の芝居が提示する諧謔や諷刺には毒があり、不条理やユーモアも時に盛り込まれる。そうした毒や笑いが西洋の観客に受けるのかもしれない。特にそうしたものが社会的なメッセージとうまくつながりあえば、西洋の観客は何かを感じ取るだろう。『屋根裏』は諧謔と諷刺と社会的メッセージがうまく混ざり合っている。先ほど紹介した「家庭訪問」の場面では、「いじめ」の問題も扱っている。ほかにも「アンネの日記」の場面では、読者や観客はホロコーストの問題を考えることになる。そして『屋根裏』には役者たちのセリフに時折ことば遊びが盛り込まれていて、それが思わぬおかしさを醸し出す。「母と息子」の場面でも、息子が母には何のことだかまったくわからないことばを突然口にして、自然と笑いを誘う。

息子　ひきこもりの始まりってロシア人なんだろ。オブローモフっていう十九世紀のアナーキズムの人。
母　アナーキズムってどういう意味？
息子　ろくなもんじゃないだろ、穴が開いてんだから。

「アナーキズム」が「穴が開いてんだから」と洒落を言っているわけだが、ここでオブローモフの名前が言及されることに注意したい。オブローモフは、ロシアの作家イワン・ゴンチャロフが一八五九年に発表した『オブローモフ』の主人公だ。オブローモフはアナーキストではない。それどころか、怠け者で、無気力に過ごしている貴族だ。いわゆる「ごくつぶし」に近い存在で、いつもローブを着て家のなかにいる。ロシアの「ひきこもり」と言えるかもしれない。

坂手の引用する西洋の文化がアメリカのものではないというのが面白い。例えば村上春樹などはアメリカ文化の言及を作品中にたくさんちりばめるが、坂手の場合はそうではない。坂手はヨーロッパの演出スタイルを備えている。西欧人の論理に、諷刺やブラックユーモアを、そして時には超現実的なイメージを混ぜ合わせて、芝居を作り上げている（寺山修司も自分の芝居を演出するだけでなく、舞台装置を考案した。寺山も、アメリカ的というより、ヨーロッパ的な演劇人であったと思う）。

タデウシュ・カントールも、坂手洋二が演出し、舞台装置も考案した『屋根裏』を観れば、きっと気に入ったと思う。『屋根裏』においては、舞台の空間も、そこで演じる役者たちも、さらには彼らがたがいに役柄を変えてしゃべるセリフも、舞台装置が比喩的に象徴する世界のなかで、すべて見事に一つに合わさる。

坂手はすべて計算し、この独特の舞台装置を自らの手で作り上げたのだ。「屋根裏」のあの狭い空間に登場するさまざまな人物たちを、一体何が一つにしているのか？『屋根裏』には、刑事や素浪人など、まさにテレビドラマから出てきたような人物たちもいれば、日本の社会で人との付き合いに息苦しさを強く感じている子どものような「現実の」人物に近い人たちも出てくる。今の日本社会には実際に存在しないと思われる人物たちも、確かに存在すると思われるような人物たちも、この『屋根裏』にそろって登場するわけだが、一体何が彼らを一つにしているのか？

『屋根裏』は、人間の孤独と疎外を主題にした芝居だと思う。この芝居に登場する人物同士のそれぞれの距離感、そして彼らが感じる社会からの孤独感が、彼らを一つにしているのではないだろうか。『屋根裏』という芝居は、人間は顔を合わせて話はするが、たがいに決して理解しあうことはない、という問題を考えようとする。

オーストラリアで『屋根裏』を上演した国立演劇学校の学生たちのなかには、ベトナム系の役者もいれば、オーストラリアの先住民アボリジニーの役者もいた。彼らを舞台に上げたことで、この芝居を通じて坂手が伝えようとする「家族」の問題の意味を、世界中の人たちは確かに感じ取ったと思う。もはや日本人の家族の一員が日本人である必要はない。これこそが坂手洋二が『屋根裏』で伝えたいメッセージの一つだ。『屋根裏』は国境を越えてメッセージを伝えることのできる芝居だ。『屋根裏』をオーストラリアの国立演劇学校が上演したことで、それが見事に証明された。

『屋根裏』を作り出した坂手洋二は、日本を代表する世界の演劇人である。

国際交流基金のインタビューでは、坂手は「自由」についても言いたいことがあったようだ。結局、すべての芝居において、劇作家も、演出家も、役者も、舞台美術家も、自分の内面の思いや感情を自由に表現できるのであり、坂手はそのことも言いたかったのかもしれない。

坂手洋二は日本人の演出家だが、世界中の人たちが彼の芝居を理解できるし、それを自分たちの芝居として楽しむことができる。なぜなら、人間の自由と、そして社会が人間に押し付ける孤独感とのあいだに生じる緊張感を、坂手洋二という演劇人は常に解きほぐそうとしているからだ。これは万国共通の問題であり、坂手はそのことをいつも考えようとする。

日本では最近、学校においても、メディアにおいても、行政においても、人々の表現の自由がますます制限されている。こうした問題があるからこそ、坂手洋二の芝居は、今日の日本社会の姿をありのままに描き出すものになる。
坂手はインタビューで答えている……

「自由」というものは一体何なのか、本当にわからなくなります。はたして「自由」が人々に正しい選択や、選択するための知恵を与えてくれるのか。とくに日本人は多くの場合、習慣や時勢に流されやすい。他人と一緒のことをやってでこぼこが出ない、目の前の平穏を乱さないという「自由」を選ぶんです。

今の社会におけるほんとうの自由とは何なのか？　その問題を考えてみようと思う者は、坂手洋二の芝居に触れるべきだ。

（訳　上杉隼人）

初演記録

「屋根裏」
二〇〇二年五月　燐光群公演　梅ヶ丘BOX
演出＝坂手洋二
美術＝じょん万次郎（坂手洋二）、照明＝竹林功、音響＝じょん万次郎（坂手洋二）、内海常葉、制作＝古元道広、国光千世
出演＝中山マリ、川中健次郎、猪熊恒和、千田ひろし、大西孝洋、下総源太朗、江口敦子ほか

二〇〇六年三月　NIDA（オーストラリア国立演劇学校）公演
シドニー、パレード・スタジオ・シアター
演出＝坂手洋二
訳＝リアン・イングルスルード、常田景子
出演＝NIDA国立演劇学校演劇科

The Attic by Yoji Sakate
translated by Leon Ingulsrud and Keiko Tsuneda

directed by Yoji Sakate was presented at Parade Studio Theatre of The National Institute of Dramatic Art, Sydney, Australia on March 10, 2006.

「みみず」
一九九八年七月　文学座アトリエ
演出＝鵜山仁
美術＝神田真、照明＝金英秀、音響効果＝深川定次、制作＝浜本久志
出演＝たかお鷹、石田圭祐、内野聖陽、吉野佳子、山本郁子、山崎美貴、栗田桃子

本書収録作品の無断上演を禁じます。上演ご希望の場合は、「劇団名」「劇団プロフィール」「プロであるかアマチュアであるか」「公演日時と回数」「劇場キャパシティ」「有料か無料か」を明記のうえ、〈早川書房ハヤカワ演劇文庫編集部〉宛てお問い合わせください。

本書は、《悲劇喜劇》二〇〇二年十月号掲載の「屋根裏」と、文学座「みみず」上演台本を文庫化したものです。

本書では作品の性質、時代背景を考慮し、現在では使われていない表現を使用している箇所があります。ご了承ください。

坂手洋二《さかてようじ》

I

屋根裏《やねうら》

みみず

〈演劇 7〉

二〇〇七年三月 二十 日 印刷
二〇〇七年三月三十一日 発行

（定価はカバーに表示してあります）

著者 坂《さか》手《て》洋《よう》二《じ》

発行者 早川 浩

印刷者 大柴正明

発行所 株式会社 早川書房

郵便番号 一〇一 - 〇〇四六
東京都千代田区神田多町二ノ二
電話 〇三 - 三二五二 - 三一一一（大代表）
振替 〇〇一六〇 - 三 - 四七七九九
http://www.hayakawa-online.co.jp

乱丁・落丁本は小社制作部宛お送り下さい。
送料小社負担にてお取りかえいたします。

印刷・株式会社亨有堂印刷所　製本・株式会社川島製本所

JASRAC 出 0701456-701

ISBN978-4-15-140007-0 C0193